U0506782

乡村里的中国

陈果 著

四川人民出版社

图书在版编目（CIP）数据

乡村里的中国 / 陈果著. —— 成都：四川人民出版
社，2023.2
　ISBN 978-7-220-12911-7

　Ⅰ.①乡… Ⅱ.①陈… Ⅲ.①纪实文学—作品集—中
国—当代 Ⅳ.①I25

中国国家版本馆CIP数据核字（2023）第020608号

XIANGCUNLI DE ZHONGGUO

乡村里的中国

陈果　著

出 版 人	黄立新
选题策划	蔡林君
责任编辑	蔡林君　孟庆发
版式设计	戴雨虹
封面设计	李其飞
图片提供	杨　涛
责任印制	周　奇
出版发行	四川人民出版社（成都三色路238号）
网　　址	http://www.scpph.com
E-mail	scrmcbs@sina.com
新浪微博	@四川人民出版社
微信公众号	四川人民出版社
发行部业务电话	（028）86361653　86361656
防盗版举报电话	（028）86361653
照　　排	四川胜翔数码印务设计有限公司
印　　刷	成都东江印务有限公司
成品尺寸	140mm×210mm
印　　张	8.5
字　　数	174 千
版　　次	2023 年 2 月第 1 版
印　　次	2023 年 2 月第 1 次印刷
书　　号	ISBN 978-7-220-12911-7
定　　价	56.00 元

目录

▼
▼
▼

卷壹
悬崖之上

卷贰
重生之路

卷壹

悬崖之上

悬崖村旧事

三天里死了三次

很多人的生活都是从五六岁开始展开，在那之前，都是活在大人记忆里，自己的影子连一张都找不齐整。骆国龙人生的开场白因此很是有些与众不同——一个人的一生，竟然可以从一场死亡开始。

悬崖上的古村路，玉米刚刚灌浆，还是一泡水，猴子就坐不住了，成群结队窜进地里，掰一个啃一口扔一个，再掰一个啃一口扔一个，最后两手空空。这是在碗里夺食呀，而且是暴殄天物，种地的当然大光其火。光生气不顶用，得派人到地里去撵。1955年的夏天，六岁出头的骆国龙就是这样被撵出家门的。一起被撵下地的还有姐姐和弟弟。别看人小，到底也是三人为众。更重要的是小人背后一般都有大人撑腰，猴子精着呢，再怎么也要给三分薄面。

那天把猴子赶跑后，浑身力气也跟着不见了踪影。姐姐灵机一动，在棚子里生起火堆。玉米子儿有一股夹带着烟味的香气顺着烟雾钻进鼻孔。到底是孩子，那时也还没来得及背《三字经》，也没有听过"孔融让梨"的故事，三姐弟因为分"脏"（骆国龙强调，"脏"是因为玉米棒子有的地方烤得太黑，接近于焦了）不均，你争我抢起来。骆国龙眼尖手快，抢了个大点儿的，瞅准空子夺路就逃。姐姐伸手去抓，说时迟那时快，他的影子只是一晃，眨眼就没了。姐姐气得大叫一声："饿死鬼呀！"

"呀"字后的惊叹号是由一个声音打上去的。听到咚一声闷响，姐姐心下一紧，糟了！

棚子搭在石包上，为的是在同猴群的对峙中占据有利地形。石包差不多两米高，人立其上，阔大的玉米地一览无遗。骆国龙慌不择路，从石包上栽了下去。

姐姐冲过去一连喊了几声，骆国龙一动不动。以为他在装怪，弟弟伸手挠他痒痒，同样一动没动。姐姐和小弟不由抱头哭了一场——骆国龙死了，爹妈就算不把他们打死，多半也会把棍子打断几根！

人死了总是要埋的。他们想挖个坑把骆国龙埋掉。把人埋掉，回去扯个谎，就说不知他跑哪儿去了，或者被猴子抢走了，这样，大人就能省下几根棍子。只可惜，泥土不过半尺厚，土下面是石头——大到没边儿的石头。

还是让爹妈把自己生的娃亲手埋掉吧。回家报信的路上，八岁的姐姐一再告诫五岁的弟弟："无论如何，别说我们追过他！"

只是摔晕过去的骆国龙在爹妈赶到之前醒了过来。没等回到家，"偷天换日头"的三姐弟无一例外挨了一顿好打。

　　骆国龙那次挨打，说到底是因为大人后怕，是出于对他的爱和心疼。那时父母的肩膀还宽，生活的诸多不易，都被他们遮挡在了娃娃们的视野之外。直到那一次，当父亲的指印清晰地印在自己脸上，骆国龙才头一次看透了生活的残酷，看清了父母在贫穷包抄下手无寸铁的无可奈何。

　　实在是揭不开锅了，父亲决计向运气伸手，讨要一家人第二天的口粮。他在乐山与雅安交界的被称作"怕欠"的一道崖下安了套子，第二天一早，让十一岁的骆国龙去看看有没有搞头。"怕欠"这地方骆国龙是去过的，不过还是在一两年前，跟在父亲身后。那是石望山的深山老林，前脚进去，阳光就找不到他了，一团团阴影从四面八方围拢过来，凉飕飕阴森森，让人很容易想起小时候听过的鬼故事。要是有一首"大王派我来巡山"这样的歌吼一吼倒也可以壮壮胆，可哪有啊。彝歌他倒是会几首，只是那时的彝歌跟日子一个调性，唱起来更是日月无光。一慌神骆国龙就迷了路，一迷路，整个人就更加心慌意乱。

　　在遍地密布、纠缠不清的树根配合下，强大的恐惧把骆国龙扑倒在了地上。和六岁那次不同，这一次，他听到了从身子下面发出的声音，隐隐感到自己被这声音往上抬了一下才又掉到地上。好在坡下是一台平地，地上长满野草，骆国龙只受了皮外伤。

　　如有神助，站起身来，他看见了下山的路。月儿光早一瘸一拐的骆国龙一步来到路上。就快立冬了，海拔高的地方不怎么出粮食，寒凉却长得昌茂。月儿光像一场雨，助长了寒意的威风。让人透心凉的却是这无功而返的一天，套子没找着，自己却被不讲规则的树根成功下套。空跑一趟也就罢了，摔下土坡时，裤子被不知什么东西撕出一个破洞。那是自己仅有的一条裤子，巴掌大的破洞大咧着口子，像一个人张开了嘴笑。当然是嘲笑。撕开的布片躲躲闪闪挂在破洞下方，随着骆国龙的脚步，晃动成一条长舌，不知疲倦地数落着什么。实在是有些冷了，骆国龙抬起头来。寨子已经影影绰绰横在远处了，明明黑压压一片，骆国龙的目光却在当中抓出了一个火塘。没错，一家人都围坐火塘边等他吃饭呢。阿爹阿妈落在他身上的心疼，是另外一个火塘。

——骆国龙竟然忘记自己是干什么去了，以及事情干成了什么样子！

他是从幻想中醒过来了，当一声惊雷在脸上炸响之后。鼻腔因为脸部的瞬间变形生起一股气流，发出近似于"嗯"又有点像"哼"的一声低鸣。脑袋里装着的豆花状的东西在外力作用下一阵晃动，如果不是空间限制，只怕已是七零八落。又过了两秒钟，骆国龙感觉到下巴热乎乎的，伸手去揩，却发现淌到那里的并不是血，而是泪。

谁叫他是长子呢？第二天，父亲又让他上山挖野菜。可哪里还有野菜，连草根和树皮也早被快要饿疯的人们清剿得差不多了。天无绝人之路啊！骆国龙就是这么想的，在曝石音沟，当看到右前方田坎上斜歪着一棵"千年红"时。"千年红"又叫马桑，名字好听，却是个口蜜腹剑的主，可以吃，吃多了却要吃它的人的命。这一点骆国龙也是知道的，要不然那一树水灵灵的果子怎么可能招摇到现在。

半坐半蹲在树上的骆国龙左右开弓，两只手不停地将红黑相间的果子往嘴里送，恨不得身上立马再生出一百双手来。

天突然黑了下来，骆国龙整个人从树上落到空中，从空中落到地上，又被地面顺水推舟，推下一道长坡。中毒昏死的骆国龙被一丛灌木挡住，才没有与一同出门的篮子同归于尽。

那么，他的没有完成的任务是什么呢？自然是继续找吃的，这是我的猜想。骆国龙摇摇头，含笑说出三个字："接着死！"

吸取头天的教训，回到家，他不敢说自己中毒昏死、"死"而复"生"的事，更不敢暴露篮子的行踪，只说他已经和同伴踩好点，第二天一起去搞没娘藤。

没娘藤其实就是菟丝子，细长的藤子缠缠绕绕、兜兜转转，寄生在别的植物上，神龙见首不见尾，让人摸不着来路找不到"娘"。村里人或许并不知道没娘藤也是一味中药，但他们知道，直径两三毫米的蒴果可以用来充饥。进锅里一煮，虽是涩口，总还可以吊命。

菟丝子没有毒性，但若寄生马桑，近墨者难免被黑。骆国龙不懂这个，家里人也都不懂——何况骆国龙也没交代清楚战利品的来处。头一歪，骆国龙又是人事不省。母亲吓得呼天抢地，骆国龙的大爷爷骆朝清应声赶来，也不知是从哪儿弄来一小撮米，三下五除二，在碓窝里舂成粉，就着一碗冷水灌下去，才又从鬼门关把他抢了回来。事后，一家人也认真捋过，为什么其他人都安然无恙，唯独骆国龙闹出那么大动静。分析的结果是那天收获不大，每个人所得有限，摄入的毒素都不多。但骆国龙头天才中过毒，可谓雪上加霜。

猪被老鹰叼走了

那年秋，发生在裴全安家的一件事让家住黄家沟的申绍全看傻了眼。

说裴全安家的事，免不了说到裴全安的家。古路村起初的十三姓人里没有"裴"，裴家是外来户。村里外来户并非仅此一家，至于怎么来的，无非是逃难、入赘、进村做买卖然后留下来。作家红柯在散文《天才之境》里讲到李白的父亲离开中原沃野远走西域荒漠时说："总之，那些敢于寄身中亚腹地的汉人，不是背一身血债，就是具有哥伦布气质的商人。"这样的描述，同来古路的外来户的来路相似。裴家住岩腔，村里"土著"也住岩腔。差异肯定还是有的，拣紧要的说，外来户没地。没地怎么活？裴全安两口子给别人帮工——说"帮"是图个好听，实际就是"磨骨头养肠子"。不知从哪儿捡回扇磨来，一个巴掌拍不出响，一扇磨盘磨不了面，裴家把坑坑洼洼的石头地当了石磨的下扇。穿的也没有，别说娃娃们了，六七十岁的老娘还没件像样衣裳。好在有人送了两张羊皮，前面披一张后面挂一张，算是给老娘置了一件"皮大衣"。

唯一不缺的是人。两口子一不留神生下五个娃，要不是岩腔塞满了，指不定还会有第六第七个。裴家穷，穷到娃们连名字都没有。老大、老二、老三、老四、老五，爹妈这样叫，奶奶这样叫，全村人也都跟着这样叫。爹妈帮工去了，知道奶奶拖着一身病，给不了他们饭吃，一个个守在岩腔边哭爹叫妈。有不懂事的娃娃从那里路过，各种取笑，各种调皮。更有不懂事的，拿着玉米秆或者小木棍追在他们屁股后面打。说打也不是真打，图个好玩。一时兴起玩过了头，把人追急了摔倒了，头上顶个鸡蛋大的包，才被吓得作鸟兽散。调皮捣蛋不是不可以原谅，只是长大后，回想起这一幕，当事人反倒是有点放不过自己。骆国龙就对我说，那时候光记着欺负人了，就没想过自己也是被欺负的对象。他没有明说，但我知道，欺负他的不是人，是命。

　　裴家人见过猪跑，却没怎么吃过猪肉。娃娃馋得口水流了三尺长，大人也是，说到"肉"字，舌头都抢不圆活。裴家养猪有耐心，一养三年——养了三年的始终是那两头猪。猪也肯吃，就是不肯长，养着养着就养成了一个笑话。谈论一头猪时该有的画风："你家圈里的有三百斤了吧，想好哪天杀没？"谈到裴家的却成了这样："这猪喂几年了？怕有三十斤了吧，计划好哪年杀没？"被人这样嘲笑，连裴家的猪都气得想哭："他们就没给过一粒粮食吃，光啃草，又拉稀，身上怎着得起肉？！"裴家人嘴上却硬不起来，就好像光吃不长的是自己一般："人都饿得黄皮寡瘦，那点粮食，咋轮得到猪吃！"

　　猪不肯长，裴家人对它们反而有了感情。然而养了三年的猪却没有接着养下去，替裴全安做这个主的，是一只鹰。

那天早上十点过，申绍全才到地边，袖子还没挽好，就听见远远传来几声猪叫。猪叫谁没听过，但今天有点特别——特别之处在于，猪不在地上叫，而在空中。他以为自己幻听了，抬头朝天上看。抬头的瞬间又是一声猪叫，比刚才响亮，响亮到能听见嚎叫中带了哭声。最让他吃惊的是天上真的有一只猪张着翅膀在飞！越来越近了，的确是猪，长了翅膀的猪！猪的翅膀看起来扇得很吃力，因此飞得不快也不高。等又近了些，才看清猪的确是猪，只是它的背上驮着一只老鹰。这时，又看到后面有人跌跌撞撞追了过来，边追边喊："猪日的，要造反了，造反了！"喊叫的人是裴全安，他一边跑，一边把石头当炮弹向空中发射。眼前一幕实在太突然太离奇太震撼，申绍全整个人看傻在了那里。等他能听到裴全安粗重的喘息时，猪和鹰已经成了黑点，飞在空中的猪，也已停止了向鹰的求饶，或是向主人的申诉与控告……

后来，村里人知道了事情经过。在附近晃悠了几天的一只老鹰不知怎么就动起歪脑筋，去裴家打劫。裴家的猪一直敞放，给了老鹰机会。在它俯冲下来之前，没人能想到一只鹰可以隐藏下比一头猪体量还大的野心。估计被掳掠的那头猪自己也是没想到的，要不然在被鹰爪抓住锁牢之后，它的叫声里，就不会有慌张、惊遽、不服气。听到动静的裴全安从岩腔里冲出来，局面已不可逆转。痛定思痛，他能做的，就是赶紧把另一头猪杀了，让一家老少尝尝肉味。而他家那头猪只熬出来一瓢油，时至今日，家住斑鸠嘴的刘昌友仍记得清楚。

再后来，裴全安死了。他的老婆死了，老娘死了。剩下老大、老二、老三、老四、老五，像弱不禁风的墙头草，在风中颤抖。

火苗抬高了绝望

骆元香是第一个发现起火的人。

快十二点了吧，她看了看时间，嘟哝一句。"表"挂在天上，亮晃晃的，没有时针，也没有分针和秒针，但用来计时，大体上还是靠谱。她决定再挖半垄土豆就回家。也记不得出门时是不是忘了关圈门，要是猪跑出来，门口那片菜地可就遭大殃了。

太阳晃眼得很，她看"表"时并没有劳烦脖颈，只把上眼皮抬了一下。一缕烟雾就这样飘进她的眼中，不宽，不窄，不浓，不淡，如同冬天里的一抹云雾。

她觉着有些不对劲。是哪一家在烧火做饭呢？古路人吃晌午可是在下午三四点钟，这个时候，家家都在地头挖洋芋哩。而且，那烟也不是炊烟的长相，炊烟像腰带，这烟却像一件长衫子衣服。

哪个在烧火取暖？也不对，这还远不是烤火的季节。

"莫非，起火了？"

听她这么问，李其周直起身子看了一眼。只看了一眼，他的心跳起来一丈高，"老天爷，硬是起火了得嘛！"

"姐姐，你家房子起火了！"骆元香颤抖着喊了一声。她喊的是杜绍英。烟是从杜绍英家屋顶上升起来的。骆元香知道她肯定在地头干活，但在哪块地里，她并不知道。

"起火了！起火了！！老书记家房子起火了！！！"李其周的声音紧随其后，像一串响雷在空中炸开。

杜绍英和老书记是两口子。老书记刘世金参加过抗美援朝，战场上被子弹打穿右肩，核桃大的伤疤跟了他大半辈子。刘世金也是来古路落户的外地人，因为当过兵打过仗，为人耿直爽快，他当了村支书，威望不是一般的高。听说老书记家房子起火了，弯腰劳作的人们像压紧的弹簧骤然弹起，打直身子就朝老书记家跑。人们的叫喊声在空气中串成一张网，以斑鸠嘴为中心，覆盖了方圆两三里地。声音是有颜色的，喜悦的声音明亮，烦恼的声音枯黄，恐慌的声音是半透明的黑色。那个无云的晴日上午，人们眼前蓦地没了天光。路突然变长了，腿突然变短了，时间突然变得笨重了，不然怎么跑不到，老是跑不到。

杜绍英是被人流推着跑回家的。骆元香的那一声喊她并没有听到，李其周的声音她也没听到。她听到的是后来在空中联了网的声音，只是"老书记"三个字也从网眼里漏掉了，她从一个矮坡下加入人流，同其他大多数人一样，只是出于一种本能。

我曾亲眼看见大火吞掉一座房子。也是靠近正午，也是朗朗晴空下，也是无数人争先恐后往事发地赶。不像人吃掉一个饼子是从皮咬到馅，火是先吃掉房子的馅，才去剥它的皮。在远处你只看到浓烟滚滚，到了近前才看见火，翻滚着、推搡着、咆哮着，想要把

墙推倒，把屋顶冲开，不顾一切的样子，不可一世的样子。房顶也
有火，准确说是火光。火舌是躲躲闪闪的，羞羞答答的，像是红色，
又像是黄色，更像是白色，像朝上唯唯诺诺的百官，真性情全都遮
蔽在一身官服下面。这是火的阴谋，不动声色，就把事情干得轰轰
烈烈。火唯一不掩饰的是它的声音。砖头掉落的声音，木杆炸裂的
声音，掀翻一切的声音，都是它的声音。我还看见过一篇文章，说
火可以把十厘米厚的钢板烧得跟纸一样薄，把一米厚的水泥隔离墙
烧成粉末，把钢管烧得叫出声来。所以我虽然没有亲眼看见老书记
家那一场大火，但那一幕此刻似乎仍逼真地发生在我的眼前。有人
试图冲进屋去打火，被人抱住了。有人打来几盆水慌慌张张往火上
泼，水却半路跌跪下来。杜绍英绝望了，两只手软软垂着，晃荡两
下，整个身子就倒在了地上。火苗这时冲破屋顶封锁蹿到空中，杜
绍英呆坐地上，眼睁睁看着火越烧越旺，火苗越长越高。她感到自
己的心被烧出了一个洞，疯长的火苗，抬高了她的绝望。

　　"赶快把申绍强家瓦揭了！"也不知谁大吼了一声，被火光逼得
往回退出一截的人们才反应过来——与熊熊燃烧的茅草房相隔不过
两三米的申绍强家瓦房东头已冒起浓烟。一眨眼就有十多个小伙子
顺梯子爬上申家屋顶，掀瓦的掀瓦，拆椽子的拆椽子；另有十多个
人喊起号子，硬是用背撞、用肩膀扛，将申家用杉木和茅草搭建的
龙门子推得四脚朝天。

　　申绍强家这边，火势终于在人们紧急画定的防线前低下头来，
而此时的刘世金家已被烧得只剩一地废墟。刘家喂了四头猪，有三

头不知什么时候撞倒圈门冲了出来，身上皮毛烧得有一块没一块。人们忙着救火时，也没见它们声张，这时候见人们有了空当，一头头叫得声嘶力竭，像是喊疼，更像在喊冤。自家土墙被大火烤得裂开一条口的李国恩也来不及心痛了，他对刘世金说："老书记，还有一头猪呢，你不去找找看？"

这句话他不是对着老书记这个人说的，他是对着这个称呼说的。他以为老书记这会儿正躲在哪儿伤心难过，就想找个话茬，引老书记从废墟里抬起头来。他并没有真的看见刘世金。其他人也没看见。几个年轻人围着废墟里里外外找了一圈，依然没有看见。

这时，"哇"一声哭腔划破了斑鸠嘴的上空。杜绍英哭天喊地说，"老刘他今天没下地，莫非在屋里没出得来？！"

紧张的情绪重新将现场包围得密不透风。事情的严重性已经超出想象，村支书李国清和村主任骆国龙从人群中拨开一道缝，小心翼翼进入废墟。前前后后找了一通，依然一无所获。人不在家里，就在别处，这么想着，两个人放宽了心，一前一后往外走。走到猪圈外，突然刮起一阵风，柴草燃成的碱灰被风吹开，骆国龙先看见半边烤焦的猪头，接着，看见了人的一只手！

刘世金手上的煤油灯不小心把房子引燃，扑救一通，自感回天无力，这才想起逃命。此时浓烟已经熏得人不辨东西，误打误撞，他钻进了猪圈。恰巧这时候猪圈垮了……当然这只是一种猜测，无法证实，也无法证伪。但在我后来的采访中，不管李国恩还是申绍强，都觉得骆国龙的分析不无道理。

古路村到2009年还没通电，煤油灯在村里欠下的血债不是第一桩了。

同在斑鸠嘴。方劲田夫妇下地劳动，把女儿留在家中。也不知怎么就把床点燃了，姑娘被活活烧死。四岁的孩子从灰里掏出来时，只有冬瓜大一坨。这是1985年的事。

1986年，一个不小心，3组甘秀华把自家房子烧得片甲不留。一家老小被临时安置在村小，靠吃百家粮糊口度日。

之后又发生了几起火灾。再次闹出人命是1997年，"五保户"尹国庆的两间茅屋在一场大火中化为乌有。尹国庆被烧得蜷成一团，他家煤油灯的灯管也被烧得曲里拐弯。

埋葬尹国庆，整个过程短暂而安静，无边的安静弥散在人们的怨恨里，似乎又拉长了那个过程。他们恨的不是那根灯管，他们就是那根灯管，只是暂时还没有被黑暗埋掉。那只是迟早而已的事，如果日子就这样沿着惯性过下去。无处不在的黑暗让他们窒息，在伸手不见五指的夜晚，也在日月同辉的青天白日下。世界上还有这样一个角落，大概是这个角落以外的世界并不知道的。这让他们的存在变得不真实起来，有一种类似棒头草的轻。

李志全还是死了

对于死这件事，人们在排斥的同时也是接受的，排斥出于本能，接受出于常识。但李志全的死讯，就连参与了料理他的后事的人也觉得是个假消息。李志全怎么会死？怎么连李志全都会死？

他们这么说，并不是因为他的母亲活了一〇五岁，李志全自带长寿基因光环。

在李志全成为一件丧事的叙事中心之前，人们说李志全不说李志全，说搭不死（方言，摔不死之意）的李志全。人固有一死，但似乎应该有个例外——搭不死的李志全就该是那个例外。

不过他们通常会从李志全的父亲刘绍武讲起。刘绍武本来姓童，因到刘家做了上门女婿，改姓为刘。1951年（也有记成1952年的），背脚子刘绍武从金口河背盐到汉源，一去无消息。家里请了人循路去找，人没找到，却在瓦山林荫路上找到一堆豹子啃剩的人骨。本该姓童的刘志全这才姓了李——母亲给他找了一个继父，继父姓李。

李志全是1940年生人。行走人间的七十八年里，他经历了无数坡坡坎坎。这里所说的"坡坡坎坎"是地无三尺平的古路村无处不在的高坡低坎，也是他的血肉之躯经历的一次次摔打摧残。

这一生里，李志全起码摔伤过一二十次——村里人特意强调是摔伤而不是摔倒，意在强调摔伤与摔倒的不同，古路与别的地方的不同。听得多了，我也不由犯了疑问：李志全怎么会死？怎么连搭不死的李志全都会死？

是的，李志全还活着。活在村民记忆里，活在并不遥远的往事中。

1963年，李志全二十三岁。那时候，他同母亲刘万莲、继父刘万李住在马鞍山"下腰横"一个岩腔里。岩腔前是陡坡，陡坡往前俯冲一百多米后是道断崖，岩高七八十米。

刘万莲决定赶在过年前搬家。前些日子，山从梦中垮下来，把岩腔埋了，一家人也都被埋了。她看好了一个岩腔，虽说前面也是陡坡，几棵粗壮的枫香树，还有一棵上了年岁的红豆树立在那里，看起来也就不那么心虚。

人搬家，依着岩腔搭建的棚子也得跟着走。母亲一句话把李志全送上棚顶："那些杆杆棒棒，拿过去用得着，丢了可惜。"

棚架是八月瓜藤子绑定的，日晒雨淋，藤子早已糟朽。翻身上棚，并不强壮的李志全成了压垮骆驼的一捆稻草。

从两米高的棚顶掉到地上，李志全的厄运才刚刚开始。眼见他冬瓜一样往前滚，刘万莲和刘万李吓蒙了，过来帮忙的李志全的姐夫黄少安同样吓得三魂丢了两魂。

时间在那一刻启动加速装置，即将到来的时刻，提前抵达他们的脑海。哭声喊声刹那间填满山谷，一树惊飞的鸦鹊，啼叫也显得哀恸。

坡实在太陡，断然是追不上他。若是去追，追的人也会成了冬瓜。

刘万莲哭死过去三回，刘万李才梦游归来般冲黄少安喊："还愣着干吗，快去找人救人！"

八九个人费了九牛二虎之力才把李志全从鹞子埂抬到岩上。是死是活总要看上一眼，披头散发的刘万莲颤巍巍向躺在地上的儿子靠了上去。

就只是看了一眼，刘万莲又一次昏死过去。

不一阵前还生龙活虎的李志全奄奄一息，鼻子生生开裂成了两瓣。七八毫米厚的头皮，不知被岩石、树枝还是什么尖利东西从前额划开，就像水果刀吃进一个杧果，刀锋并未在开口处止步，而是贴着果核，纵深推进六七厘米后才停止前进。眼前的头骨就是那个果核，巴掌大一块揭开的头皮，是杧果被刀刃连皮带肉翻转过去的部分。煞白头骨上血迹斑斑，不均匀残留的软组织，像氧化变黑却又能隐约看出原色的石榴籽粒……

是不是送李志全到县医院，一大家人一开始分成两派。主张送的说人伤成这个样子，不送医就死定了。反对的说古路村一年到头都有人摔伤，就没有人敢去医院。主张送的说没去过不等于不能去，也没有人规定县医院的门不能为古路人开。反对的说山下没有公路，四天也把人背不到县城，必定是人没到医院气就落了，更何况扯着藤蔓荡秋千，送他下山，不是送人，是送命。

只有死马当成活马医了。识得草药、当过几天土医生的刘万莲强打精神，一手一脚照料起六天六夜没说过话的儿子。奇迹在第七天早上出现，李志全睁开眼睛，叫了声妈。

人虽醒了过来，李治全的伤口却迟迟不能愈合。四个月后，虽然他被摔断的左腿已能恢复行动，但鼻子裂缝间仍没长出新肉，像揉乱的菜叶覆在头骨的头皮下面，还常常有腥臭的脓水流出。比这更让人难过和惊心的是，李志全头皮下面，长出了白生生的蛆虫！

读到这里，我一点都不怀疑，作为读者的您会对这段叙述的真实性表示怀疑。然而，我何必要骗你呢，或者说，他们何必要骗我呢？

——我所说的他们，包括最早给我讲起这个故事的老支书骆国龙（他是刘万李儿子李树全的干爹），包括李志全的儿子李树才（他虽不愿提起，但也默认了我所转述的往事），包括村民李国恩，也包括刘万莲的干儿子、现年六十六岁、家住马鞍山的马学华。

我是2019年5月11日上午10时许采访到正在家门口玉米地里拔除杂草的马学华的。听说我要了解李志全的事，他停下手上的活："找我是找对人了——人家都说他是搭不死的李志全，我是经得宰的马学华。"

汉源话里，"经"是"耐"的意思，"宰"为砍、剁之意。40年前，马学华在金口河大山里伐木，一斧头砍在右脚上，缝了27针。2012年，坐在枝杈上为核桃树修枝，他的手被一根树枝别了一下，砍刀落在左大腿，疤印至今都在。才过了不到三年，去山上采药，山上滚下的一块石头打在他左边臀部，髋骨碎成了三块……

马学华扯起裤脚让我看他脚踝上的伤痕，从而为他刚刚说过的话做证。他同时也是想说在外人眼中再不可思议的事情发生在往日的古路都不奇怪。回到正题，马学华说，李志全受伤四个月后来串过一次门。下腰横没啥人住，除了家人，他要再见到个人影就难了。于是，这天，实在闲得慌，他吭哧吭哧爬上岩，看干兄弟马学华来了。

六月里，荞子熟了，忙着收割的马学华累出一身大汗。刚伸了个懒腰，他听见有人喊了一声："学华娃儿……"循声望去，见是李志全，马学华吃了一惊。

"咋是你？"

"咋不能是我？"

"你好了？"

"不好就不能来？何况说，要死也要板（方言，挣扎之意）两下嘛！"

对话间李志全走到跟前。马学华鼻子翕动两下："啥子气气（方言，味道之意）？！"

其实很多事情心里有数就可以了，没必要非弄个水落石出不可，因为如果你已经承受了伤害，劳神费力揭开的底牌，也许会带来更大的伤害。在李志全乱糟糟、脏兮兮的头皮下，在马学华战栗的目光中，五只——或者是六只——白生生、胖嘟嘟的蛆虫正前拱后翻地扭动腰身！

有人说过，村子里藏不住秘密。李志全的脑袋生了蛆，这消息早就钻进过马学华的耳朵，但传说毕竟不能代表事实，当这活灵活现的一幕出现在眼前，他的喉咙一阵发痒。

李志全的伤是一年后才好的，好得却并不彻底——以后五六十年间也没有好得彻底。那块巴掌大的头皮上再没长出毛发，他一年四季都在流鼻涕，鼻涕里还常常夹着血丝，都是一目了然的事。

如果活着就是给人心疼，这样的活着真就太让人心疼了。

　　1986年，李志全上山砍柴，又一次从岩上摔了下去。这一次是把左腿摔断了，同时断掉的还有两匹肋骨。刘万莲的草药让他的肋骨恢复如初，也让他的腿重新站了起来。站起来的左腿却比右腿矮了两厘米，李志全照样下地劳动，三十年后，拄着拐棍瘸着腿，他的肩背依然能负重一百多斤。

　　村里人看他时，就用目光帮他把这两厘米找了回来……

峡谷里的那片灯光

一

一千五百米，如果在高速公路上，这是一段不到一分钟的距离。然而，从山脚来到古路村最靠近公路的6组癞子坪，一台变压器走了8640分钟。

见方一米，九百五十千克。左看右看上看下看，你都不会觉得一台二百千伏安变压器有多高大威猛。但是，对走钢丝的人来说，这个块头和重量，有如泰山压顶。

开凿在绝壁上的骡马道宽仅一点五米。从航拍器镜头里俯视，这是一条曲折回环的钢丝。山高路陡，"钢丝"每一次弯折，无不都是意外，无不充满惊险。

车不可载，马不能驮。变压器上山，只有人抬。

左右站位，有人得悬在空中；前后用力，路多陡抬杆就有多陡，绳套无法在陡趄坡面站稳脚跟。

空中通道受阻，发动地面进攻。

三四十度仰角的骡马道，通过一级级梯步向上攀缘。像一个酩酊醉汉，梯步踩得深一脚浅一脚，有时三四十厘米抬升一级，有时爬出三五米，还没有积蓄起抬腿的力气。

变压器能长出脚来就好了，可冷冰冰的铁疙瘩才不会理会人心。工程队清一色男子汉，二十几管热血涌到一处，就是一块生铁也能给它熔化了。可你还真不敢把这宝贝疙瘩怎么样——甚至连一颗螺丝钉也动不得少不得。

"一线天"铁路桥上，从山洞里冒出头来的火车吐出一声长啸。如得神启，有人找来两根槽钢。

把变压器抬上钢轨，才发现作业面太窄，一多半人的力气都用在了干着急上。比这更让人泄气的是，槽钢一次次侧翻，引起一次次脱轨。

二十三个人花了九个小时才往前推进了一百六十米，快要五十岁的易斌头一次懂得了什么叫进退两难。把变压器运到癞子坪，对古路村很重要，然而，越往上，路越窄越陡越险，要是哪个工友被挤到崖壁下，或者庞然大物顺着槽钢滑下来，后果不堪设想。

易斌是汉源县皇木供电所副所长。别人不知道，他和所长任远光也知道，古路村之所以成为全川新一轮农网改造五千九百九十二个中心村的最后一个，就因为它是一块硬骨头，硬得不能再硬。

掐着指头算时间，任远光和易斌手指上都掐出了血印。国庆节前合闸，这是早就定下的计划。这天已是9月12日，按照眼下进度，再过十天，变压器也上不了山。

二

巍然对峙的大峡谷，只给洒向癞子坪的阳光开了一扇四小时的小窗。易斌全身每一个毛孔却都大张着嘴，仿若在和高喊号子的工人们一起用力。衣角掠过眉心，易斌闭合的双眼里，跳出来一件往事。

易斌2016年3月从晒经调到皇木。从河谷到高山，他脸色一点都不好看。比他的脸色还难看的是天色——自5月1日起，皇木地区天天刮风下雨，6日晚的那场冰雹尤其粗暴。正嘀咕着这场白色恐怖怎么没完没了，易斌接到命令：古路一台区线路故障，明日抢修，七点出发。

矿泉水和沉甸甸的干粮压在易斌双肩——好家伙，二两的馒头，少说有二三十个！他没忍住给所长开玩笑："这是重返老山呢，还是要穿越到上甘岭去？！"

概率里的十之八九，笑话别人自己就会成为笑话。那天的易斌就是一个笑话。

他的情绪是在骡马道第一个弯道处发生转折的。等爬上"一线天"，到了癞子坪，当心跳如鼓的易斌得知发生险情的一台区在流星岩，而去流星岩的路此时才走了不到六分之一，心里的阴影面积，一下子大得没有边际。

当天13时45分，一行八人终于到达现场，这时的易斌，两只脚已经虚软得不像是自己的了。

见他坐在地上半天站不起来，任远光咧嘴笑了："看你这样子，像是刚刚打了三天三夜的仗。你是重返老山了呢，还是穿越到上甘岭去了回来？"

幸亏地上没有缝，要是有，指不定地面上就找不到易斌这人了！

战斗很快在山谷间打响。4号杆和5号杆间的电线断了一档，抢通线路，在平原地区或者河谷地带，花不了半个小时。然而，两根电杆间隔四百多米，档距大，施工难度就大。风又是顺着山沟跑的，像河，河面窄，水流急，放线拉线的人，一个个歪歪斜斜。抢修工作持续了三个小时，这几乎是易斌亲眼见过的，流速最缓慢的一段时光。

同样永生难忘的是返程遭遇的那一场雨，一行人被浇得里里外外没一寸干的。

那天白天的记忆，充其量只是过门。高潮部分是回到住地，见易斌面如土灰，任远光语重心长地说了一段话：小时候，我们村经常停电，那时就想，要是老子以后在供电所上班，绝对不长一双懒脚杆。所以现在，凡是抢险我都上。

易斌随任远光一路向西。每一根电杆都要走到，每一米线路都要巡查，每一台变压器都要查看，直到下午五点，来到与乐山市交界的马鞍山，隐身在变压器上的故障才水清石见。

三

一支竹篙在古路燃了三四百年，历史向前一小步，有了煤油灯。然后就是原地踏步，进入新世纪已经八九年，古路还是煤油看家，灯笼火把。

那次易斌去巡线，一不小心，碰响了老支书的话匣子。骆国龙说，我们就是黑村、黑户、黑人。从眼里到心头，我们都是黑的。骆国龙把黑暗说成是黑。几十年里，他把这句话讲给很多人听过。

郝军是其中一个。

古路村挤上无电区电网建设末班车是2008年8月。古路这张票弥足珍贵，郝军从所长摩挲票根时的庄重严肃上看得出来。深入骨髓的感受是现场复勘时才有的，攀悬崖走绝壁，爬高山下深涧，确定每一条线路走向、每一根电杆位置，都是一场历险。

人手一部的对讲机不充上电，第二天再上山时，工友和花杆，都会没了方向感。这当口，后来成了村支书、当时还是村妇女主任、白日里和他们一起翻山越岭的骆云莲站了出来：我有一个办法。

"5·12"汶川特大地震后，湖北省援建汉源县，为古路小学送来一台发电机。这台轮式机组功率不大，夏天里，溪水带动齿轮，教室里的"小太阳"可以发一阵光。一进秋天，溪水变瘦，"小太阳"就把亮晃晃的翅膀收起来了。"太阳"重新升起，要借水池一臂之力——这口水池，是古路村3组老老小小近百人的饮用水源。水池闸门义无反顾地打开了，村民们说，只要能把电的"大部队"引上山来，宁愿三天不洗脸，宁愿背着水桶去别的生产队求援！

每根电杆重逾千斤，从骡马道根本运不上去。一晃大半年过去了，郝军尝到了睡不着觉的滋味。救活全盘的一着棋是乡政府领导的一个"点子"——当地出铁矿，依葫芦画瓢，在峡谷上方架上溜索，电杆就可以从对面的马坪村"平"步青云到古路。

架索道耗掉三个多月，材料全部运送到位，又三个月过去了。

时间制造惆怅，回过头又给人以安慰。2010年9月21日夜，星罗棋布的古路人家，第一次被黄澄澄的灯光融为一体。

守护灯光，成为旷日持久的又一场战役。任远光就是在这场战役中成了伤兵。

作为一所之长，任远光去古路的时候最多。每次冲锋陷阵都有人记录在案——曲折的山路是笔，陡峭的悬崖是案。"案底"曝光是2017年7月，那天从古路摸黑下山，才走到骡马道上，任远光走不动了——疼痛在膝关节组织暴动。任远光去成都检查，结论是膝关节退行性病变，因为爬山太多、磨损太大。2017年12月25日，作为治疗方案中必不可少的一环，任远光被调离皇木。

"老山前线都没把老子绊倒，猫耳洞都没把老子困住，敌人的子弹都没把老子撂翻，却输给了一排电杆。"交接工作时，任远光一句话在易斌心里激起层层涟漪。古路村地广人稀，送电上山不计成本，线路维护同样不惜代价。最典型的要数流星岩，人户本来就少，两次地震后，多数村民异地重建，只剩下申其全、李树全两个

"光杆司令"。去一台区巡线一次,至少要十个小时。烧骨油没什么成本,但是,倘若电杆倒下一根,材料加上工事费,没一万块扶不起来。单身汉的生活简单到连电视都成了摆设,除了给手机充电,申、李二人连电灯拉线都懒得碰一下,每度四毛九的电费,他们俩要是谁用上了半度,这天就算是"高消费"。

这样的"赔本生意",天底下还有第二桩吗?

四

将癞子坪二十二户村民用电纳入中心村农网改造项目,是品质升级,也是责任接力。这一棒若是抓得不牢、跑得不好,用任远光的眼光衡量,那是丢了阵地。

丢了阵地当然丢人。可丢人有啥大不了的呢?——同葬送了古路村脱贫致富的良机相比。

身处大渡河大峡谷国家地质公园核心区的古路村,发展乡村旅游,机遇千载难逢。蚂蚁到底拉不了石磙,当初安装的三十千伏安变压器仅能满足电灯、电视等简易家电所需,随着电冰箱、电磁炉、电烤炉"登堂入室",遇到几个大功率电器打架斗法,跳闸就成了稀松平常之事。饭都煮不熟还接待什么游客——遑论用磨浆机打磨黄豆,制作最受客人青睐的豆花饭。

为古路村接通动力电,"电力扶贫"进入议题。设备运输开局不利,任远光和易斌心急如焚。

　　已是深夜，心烦意乱的任远光如坐针毡。电视里，两匹马拉着雪橇穿行在林海雪原，看到这一幕，一个创意蓦地闯进他的脑海——给变压器安上"雪橇"，肯定比"轨道"可靠！

　　两根钢筋被牢牢焊接在变压器底部。"脱轨"问题迎刃而解，"雪橇"前端翘出的弧形，也让台阶造成的阻碍一扫而空。只是陡峻山路不断抬升着作业风险，最初的担心成了绕不过去的死结：一旦前面拉力不足，一旦工友、村民和围观的游客有个三长两短……

　　易斌灵机一动，想出一计。运送电力设备，以及紧线、立杆，工地上常常用到绞磨机。固定绞绳需要在岩石上打孔，每道弯上打下五六个深孔。绞磨机一开，绞绳一拉，再往前时，变压器的确是不那么磨蹭了。但焊在变压器下的"雪橇"是钢钎，钻到"雪橇"之下撬动钢钎进而撬动整架机器的也是钢钎，工人们得十倍小心以免伤到变压器。每转一个弯，都有七八个工人拿着钢钎小心翼翼地刺、插、挑、拨，不厌其烦地推、拉、摆，对着铁疙瘩"好言相劝"：转过去一点，再转过去一点……

　　四十三道弯，每一道都是这么转过来的。难怪有路过的游客说易斌他们小心翼翼那个样子，像在绣花。

　　易斌心头一阵悸动：如果说自己和工友们眼下的工作是在"绣花"，当初工友们踏勘路线、架设电杆，后来前所长陈强和任远光带着大家巡线护线、排危抢险，何尝不是在飞针走线？

　　变压器是9月17日运到癞子坪的。九天后，工人们举起绝缘棒为古路村新增容的变压器合闸，成为当天中央电视台《新闻联播》

里一帧特写画面。

癞子坪所有电器全开，村民李其学家的电灯，眼睛都没眨一下。他家的农家乐再也不用担心跳闸，也不用担心客人吃不到豆花饭。他家以前上惯了"夜班"的制砖机也可以上"白班"了，从山下运上来的机砖每块六元，自制只需一元。说"铁疙瘩"变成"金疙瘩"一点都不夸张，说村民们心里乐开了花，就是句大实话。

2018年11月8日，国网汉源县供电公司党支部和古路村党支部结成共建对子。文艺联欢、金秋助学、志愿陪伴……活动越来越多，"亲戚"越走越近，古路又添新动能，文化、文明、亲情、友情的电流源源不断。

于是，大峡谷的褶皱里，人们看见了另一片灯光。

挥斧记

　　认清自己是世界上最难的事，难过认清这个世界。可骆云莲还是想帮她的村民们认清自己，尤其是从来不懂得反听内视的那些个人。能认多少认多少吧，就像从门缝里挤进黑屋子的光线，多比少好，有比没有好。一间屋子被黑暗淹没是可怕的事，虽然屋子本身并不觉得。

　　在此之前，她得先认清自己——所谓"认清"，未必就是结果，但至少得是一个过程。

　　骆云莲对映在镜子里的自己并不满意。她本来是有条件读完高中的，才到高二，一个媚眼从围墙外翻进来，她的心就不稳了，就莫名其妙被人给掳走了。定力不够，眼力也成问题，白白赔上了一段婚姻。压在肩上的重量，她也想过躲，想过闪，想过推脱卸载。想当初，父亲的担子交不出去，最后落到自己肩头，心里发泼烦，她哭着把走过一段邪路的哥哥骂了不止一次——要不是你不学好，就凭你是条男子汉，就凭你脑壳转得比我快，被逼上梁山的都该是你而不是我！后来当了全国人大代表，骆云莲对自己的不满意不但没有减少，反倒更多。知识跟不上形势是一方面，性格急躁、缺乏耐心是一方面，把本村资源优势转化成发展优势点子不多方法不灵又是一方面……

骆云莲不让思路顺着指认瑕疵的箭头走下去，她知道一个人在推倒自己之后要懂得扶起自己。从2010年当选村支书到现在，骆云莲也算是打过不少大仗硬仗了，最为旷日持久的莫过于脱贫攻坚这一役。战场上没有庆功酒，也不会有一个真正的战士会一边冲锋陷阵，一边在脑子里掂量功勋章的分量。骆云莲是多喝了三两杯脑子也保持清醒的那种人，她知道自己不能高调，也没啥好高调的。她同时觉得不能在检视村民身上存在的问题时太过低调——帮他们找到不足从而像修补墙洞那样弥补不足，这是她的责任所在，也是古路发展的关键所在。

短视、懒、等靠要，客观说，古路村的"发病率"并不高，但若说低到可以忽略，那是假的。即使只是个别现象，骆云莲认为也需要正视并加以矫正。风起于青萍之末，一颗老鼠屎坏掉一锅汤，道理用不着多说。

第一板斧

短视可以理解，但理解不代表认同。世世代代，悬崖上的古路村，人们只见过巴掌大一块天，虽说现在交通提速了手机普及了，用QQ、微信视频聊天也成家常便饭了，大家的思维与时代却还差着好几个身位。最典型的数娃娃读书这档事。在山下，尤其城里，家长们不顾一切让娃娃在求学路上往前冲，读完初中读高中，中学念完念大学，大学还没毕业，考研读博又上了议事日程。古路不少家长却眼巴巴盼着娃娃初中毕业——十四五岁，就算外出打工嫩了点，扛锄头下地也是有模有样了。你要给他说初中毕业得让娃娃接着读高中、考大学，涵养好点的会抿嘴一笑："祖坟里没埋弯弯木。"有些人说出来的话可就不那么好听了："你说高中千般好，大学万般强，那你为啥当年放着好好的学不上，反倒来这儿给我说书？"别人这样说她，骆云莲心里就生起了悔意。倒也不是后悔"管闲事"，当年没用心读书，没念成大学，让人家拿自己的棍子戳了自己眼睛，她追悔莫及。这反面教材不当已经当了，骆云莲索性自揭伤疤说，正因为当年不懂事，才不希望半途而废的悲剧在娃娃们身上重演。人家反过来安慰她："你高中没毕业，还不是照样成了'人大代表'？要是考了大学进了城，这'表'还不知会'戴'在谁的手上！"比这还让人难堪的是有村民的娃娃才上初三就三天两头请骆云莲提前帮忙找工作，骆云莲说知识改变命运，把书读好比啥都强，人家说你可以说办不到，也可以不帮这个忙，但不要给我们打官腔。你看人家谁谁，还有谁谁谁，一年四季在外打工，也没听说就把工钱算错。骆云莲说人无远虑必有近忧，文凭是进入社会头一道门票，以后智能机器人无所不能，要是不多读书多长点本事，就算打工，机器人也不给机会。后来，对于那些油盐不进还讲弯弯理的家长，骆云莲懒得多说，回应却更加有力——在她撮合下，村里考上本科的常伟、申志燕，得到了国电大渡河公司每人每年四千元生活补贴。

治懒，骆云莲也有一套。"贫困户"开展"五改三建"，政府给每户九千三百元补助款。读过小学就算得出来，这钱只够买建材。材料不会走路，更不会精准找到自己的位置，所以对于这笔钱，有人不怎么看得上眼。早些时候，申绍兵懒得搔虱子吃，两个儿子不光继承了他的"衣钵"，而且"青出于蓝胜于蓝"。申家住房提升和改厨改厕最初并没有出现在乡政府的表册上，他们不申报，骆云莲也没有勉强——她就想看看，这三爷子到底能懒到哪个程度。眼见船过三滩，申绍兵又后悔起来。县食药监局下派的第一书记罗开茂的出现恰逢其时，等申绍兵忙不迭表过"力气又用不完，存起干啥"的态，他想办法为申家补了一张"船票"。围绕后续工作如何推进，骆云莲和罗开茂有了分歧。罗开茂主张拖拉机带拖斗——以干部引领、村邻扶助感化申家父子。骆云莲则认为沉疴当用猛药，申家父子必须自己挽起袖子，政府的补助款才能跟进。两个人在这件事情上互不相让，骆云莲从手机里能闻到火药味，罗开茂通过骆云莲的脸色能看到她对申家三爷子曾经是多么恨铁不成钢。关系缓和下来是在申家房子修好之后，看见申绍兵再不等靠要，他的两个儿子也像做了易容术，罗开茂火气散了，语气变了："都说偏方治怪病，申家三爷子的老病根，看来就服'骆国大'的药方子！"

有些刺耳的词，骆云莲不愿放到村民身上，都是呷哈后人，话说得硬了重了尖锐了，她怕先人不高兴。转念一想，懒也好，等靠要也好，先人不是这样，村里多数人不是这样，大家也都希望古路没人是这样。只是希望归希望，现实归现实，不种好现实的地结不出希望的果来，该说的她还得说。懒是一种病，等靠要也是一种病，两者互为病因，还常常交叉感染。是病就得治，下手还要快，还要稳准狠，就像那句谚语说的：修树趁早，教子趁小。小娃娃有毛病，家长不能不管。牛要耕，马要骑，孩子不教就调皮。作为村支书，她也算是一家之长。家长就该有家长的样子，睁只眼闭只眼，只能说不是亲生的。

一个人最大的后台，莫过善念与良心。有强大的善意撑腰，向等靠要思想宣战，骆云莲无所顾忌。改造水冲式厕所，兰绍林报了名又想把自己名字擦掉，理由是两千块只够买砖买便槽。"工钱呢？工钱也该进预算！"兰绍林比别人少一只手，说这句话情有可原。但话传到骆云莲耳朵里，她还是冒了火："亏他还是村民组长，组长都这觉悟，村民咋想！"

骆云莲找到兰绍林："舅舅，我们大会小会动员，搞一场厕所革命。干革命哪有你这样的，旗子刚刚扯起，退堂鼓就擂得山响。"

兰绍林目光起先有些躲闪，看到左边空空的袖子，眼里的不安就变成了沮丧："送佛送到西，帮忙帮到底，政府牛都舍得出，咋就舍不得多给根牛绳子？"

换了别人，骆云莲想也不想就会狠批一通，想想他一只手撑起一个家也不容易，这才在喉咙处对即将脱口的话做了降调处理："不管啥时候，人首先还是要自力更生。就说修这厕所，享受的是自己，凭啥搬砖砌墙抹灰的账都要统统记在政府头上？将心比心，如果见人光着个脚，好心好意递双鞋过去，他还昂着个头问你袜子在哪里，你又做何感想？这样的好事，别说是你，换了再好的人也不敢多做。"

她的话句句打在七寸上，兰绍林心里那条左顾右盼的蛇也就动弹不得了，他对骆云莲说，"起先也的确是鬼迷心窍，我保证，以后再不这山望着那山高。"

骆云莲脸上于是有一抹笑意荡开："依我看，还真要这山望着那山高，但那座山是不等不靠的山，奋发图强的山！"

兰绍林脸上就不怎么挂得住了："你说得对，脱贫攻坚，老百姓思想先要转弯，与其伸长脖子看动静，倒不如快手快脚，有多大劲使多大劲……"

也不知是听着照样不顺耳，还是这句话出门时就挂在了嘴边上，骆云莲打断了他的话："不要张口老百姓闭口老百姓。老百姓有时候是有问题，但很多时候，问题出在干部身上！打个比方吧，'厕所革命'的政策我就没有宣传清楚，自己都浑浑噩噩，老百姓又如何能明明白白？"

……

老百姓拿着半截子政策就跑的情况还真是有。五只鸡儿就让我们脱贫了？这句话，3组李国贤说过，5组庆绍强老婆也说过。工作组组织脱贫验收，账一算完，听说自家已经达到脱贫标准，庆绍强的妻子急得直挠头。这一挠，就感觉脑门上凉悠悠的，好像原来头上真有过一顶帽子，被工作组一句话风一样揭走了，心里边也跟着起了一阵凉风。工作组队员给她做工作，话没出口，她的脾气先发作了："党中央叫你来扶贫，你们只晓得糊弄人！总书记让你们钉钉子，你们一个劲钻空子！再好的经到了你们这里都要念歪，你们这些歪嘴和尚，基层不欢迎！"

听到消息，在县城开会的骆云莲哪里还坐得住。心急火燎来到庆家，人没进门，骆云莲声音先跨过门槛："我先做个检讨，脱贫攻坚的政策，村上没宣传到位。"

"锅呢？"庆绍强没好气地说，"我看你也是个背锅匠！"

骆云莲哭也不是笑也不是，但该说的话还是必须要说："都啥年代了，谁还敢睁着眼睛说瞎话？不是十拿九稳，工作组也不敢说你家脱了贫！"

庆绍强妻子一听急性子又发作了："平时还觉得你'骆国大'说话在理办事公正，没想到你胳膊肘也是往外拐——不对，是往里边儿拐！"

骆云莲正嫌自己脑子转得慢，分不清里是什么，外又是什么，庆妻打开天窗说了亮话——"官官相卫，你和他们才是一家人！"

骆云莲扑哧笑出了声："我一个村干部，要说是官，顶多也就是个羊倌。对了，我刚才在山坡上看见一群羊，听说是你家的。当中有几只已经出怀了，照我看，要不了一个月就要下崽。"

庆绍强妻子脸上比刚才好看多了："就你眼尖。"

骆云莲笑笑："这跟眼尖没关系。脱贫算账也是这样，雪地里埋孩子——藏不住。"

明白过来她为何把话题扯到羊身上，庆妻脸上立马又变了天："上边要求真扶贫、扶真贫，他们一来就是诓诓哄哄。"

"咋诓的咋哄的，你倒说说。"

"今年我家核桃虽说收了八九百斤，但烂壳的占了一半，剩下那一半每斤只卖三四块，一共只卖了两千元。庆绍强平时种地，农闲打工，工地去了三个，两处没找到活干，全年只拿回来三千多。年初卖过两只羊子，这些全部加起来，纯收入也不到一万。我一家老老小小五个人，按照今年脱贫标准，至少还差一千多。总不能说，他们送的五只鸡儿能值一千多吧？"

接过她的话，庆绍强高声说："当然能值！鸡又下蛋，蛋又生鸡！"

假装没听出话里的牢骚戏谑，骆云莲和颜悦色说："照刚才所说，你家的确是达标了。"

两口子异口同声："我就说嘛，一个鼻孔出气！"

骆国莲单刀直入："你家两个娃娃读书，学费交了多少？"她接着又问："据我所知，老人家上半年住过几次院，花了多少钱？"

"贫困户住院零付费，义务教育阶段不交书学费，政府还给生活补贴——你是明知故问！"庆绍强妻子答。

"我还真是明知故问！"骆云莲说，"七七八八加起来，少说也是一两万吧！如果先把钱交到你们手上，再一笔一笔开支出去，这些钱是不是你们的？"

庆绍强和老婆对视一眼，都默了声。骆云莲要说的话却还没完："实际上，脱贫算账，这些都刨在了边上。但粮食直补、退耕还林补贴和老人家的社保收入总该算进去吧？一古笼统（方言，全部之意）加起来，没一万也有八千。"

听她这一说，庆绍强说了真心话："这样算，确实也达标了。我们怕的是'帽儿'一摘，医疗、教育的优惠政策就都没有了。生场大病，一夜回到解放前！"

骆云莲接话道："脱贫验收后政策一刀两断，哪个给你说的？"

"没人说过，但是，肯定不会有以前好处多！"庆绍强眼面前，似乎有一只煮熟的鸭子越飞越远。

骆云莲说："你说的我也不敢说完全不对，不过这究竟是好事还是坏事，要看怎么理解。我打这么个比方吧——你说一个人是被人扶着走一段就自己能走好，还是离了别人搀扶就站不稳好？"

还真把庆绍强给问住了。庆绍强妻子却说："到现在，我们也还没站稳脚跟啊！何况以后娃娃还要成家，还要生娃娃……"

庆绍强妻子话里的破绽，骆云莲逮个正着。也不急，也不躁，也不挖苦取笑，骆云莲说："国家搞精准扶贫，没说过包办终身。如果大家都伸长脖子等政策，如果家家户户老人要政府养，娃娃要政府盘（方言，抚养之意），地还要政府帮着种，政府就是一座金山，也会被掏成空心萝卜。锅里有碗里有的道理哪个都懂，但是哪个又想过，没有人耕田种地，锅里的东西从哪儿来？碗里的东西又从哪儿来？"

庆妻还是想不通："政府有印钞机嘛，机器一开，有的是钱！"

这话连庆绍强都听不下去了："就是印钱也要有人造纸，何况光是有钱，没人搞生产，钱就只能买火铲（方言，什么也买不到之意）！"

要说戴高帽，骆云莲也有一套："老表一看就通情达理。我给你们讲个不讲理的，真人真事。山底下有个村，村里有个好吃懒做的老光棍。扶贫工作队刚进村入户搞调查那会儿，问他有啥想法，猜他咋说？他说要是政府能帮他讨个媳妇儿，他准保干起活来浑身上下都有劲！"

庆绍强两口子听得哈哈大笑，笑着笑着，对视一下，又都噤了声。他们都觉出骆云莲讲的笑话里好像有什么不对，又说不出那不对是在哪里。

是时候打个总结了，骆云莲说，"常言说，靠山山要倒，靠人人要跑。常言又说，树从根发，人从心发。说的都是同一个意思，只有自力更生才能发家致富，也只有自己奋斗得来的东西，拿在手上才心安理得，吃在嘴里才有滋有味。"

上面这通话，骆云莲不止给庆绍强两口子讲过。人穷志短，这个成语，她更喜欢让村里一些喜欢不时抬头看天，指望从天而降的馅饼如大雪纷飞的人倒过来看——人穷未必志短，志短必定人穷，不把这个关系梳理清楚，只怕穷根会越扎越深。讲这些时骆云莲像是变了个人，平时有说有笑的她，也不和颜悦色了，也不轻言细语了。

申绍全就领教过她的厉害。

罗开茂是出了名的犟驴，但是遇到申绍全，他也没了脾气。申绍全是毕摩。毕摩是彝族人中的知识分子，是替人礼赞、祈祷、祭祀的祭师，是有头有脸的人物。罗开茂不敢惹申绍全，并不是因为这个。申绍全有个儿子，五岁时一场高烧，让他在后来的三十年里再没张嘴说话。申绍全人已老迈，儿子又是这个情况，生活中难处的确不少。因为真心替他们难过，有那么一天，在局长面前总昂着个头的罗开茂被申绍全结结实实一顿挖苦，他也忍气吞声。申绍全倒觉得别说挖苦，打他两耳刮子也是活该，"县食药监局最先登记时，说要给每个贫困户解决五百株花椒苗，发下来却只有四百株，还有一百株哪儿去了？是进了你们的小金库，还是揣了哪个官老爷腰包？肉吃了总要剩骨头，可骨头呢？难不成骨头也被你们吞下去了？！"

话传到骆云莲耳朵里，她沉不住气了："当初说给每个贫困户500株花椒苗，食药监局也是量体裁衣。钱是职工捐的，树苗是苗圃种的，树苗涨价，天要下雨娘要嫁人，人家也没办法。"

申绍全的声音一下盖过了她的："君子一言，驷马难追，我们老百姓都晓得的理，未必他们不晓得？"

骆云莲的话就说得有些重了："强扭的瓜不甜，这个道理你又晓不晓得？"

申绍全不依不饶："无论如何，说过的话必须兑现，除非吐出来的口水，他们吸回去！"

骆云莲心里的火一下点着了眉毛："别说四百株苗子，哪怕就是一株，我们也要记情。人家好心好意帮我们，人情没领着，反倒讨一包气怄，这也太不公平了吧？！要是你巴心巴肝帮别人，别人好话没给一句，却是得寸进尺，把手伸得比竹竿长，你的心凉不凉？非要让人家把一百株苗子补齐，照我看，这是恩将仇报，这是拦路抢劫！"

骆云莲把话说到这个份上，申绍全态度才变得缓和起来："罗开茂说苗子涨了价，我以为只是个借口。既然你都这么说，看来他没卖白（方言，撒谎之意）。下来我给他认个错，少一百就少一百，就当他妈没生他！好好经佑（方言，管护之意），成活率高一些，挂果率高一些，比啥都强！"

第二板斧

第一板斧削砍思想顽疾，第二板斧提升产业短板。

靠山吃山的道理都懂，吃法却大有讲究。骆云莲刚从父亲那里接过村支书担子时老支书就给她讲过，几百年的历史证明，要想把日子过好，走老路行不通。现在脚底下的路通了，思想上也要转得过弯——经佑土地，不卖力不行，光老实卖力也不行。父亲的话没有展开，却像摁下了电钮的传送装置，将古路一片片山、一台台地送到眼面前。山是那么雄伟，地是那么广阔，可是举目四望，古路的远山大地贫瘠单调，除了苞谷、洋芋、荞子、大豆，只有垂垂老矣的一片核桃树、几棵梨树。一个没有想象力的人，灵魂泛起的是不可描述的苍白。土地也是有生命的——她要呼吸，也要吐纳，她要睡眠，也要苏醒。如何赋予土地以想象，让她灵魂的底色变得温暖变得绚烂，是时候好好思考了，是时候和她有一场对话了。

骆云莲发动大家种核桃，一方面因为价格看来不错，一方面因为村里原来就有核桃，说明此路行得通，再一个方面，有了骡马道，往山下运输也方便多了。更重要的原因是古路地广人稀，而核桃树管理相对简单，这叫因地制宜。骆云莲暗自思忖，把这四条理由搬出来，只怕才讲到第三大家的热情就漫山遍野了，哪知从头讲到尾，再从尾讲到头，个个都无动于衷。到最后，许是为了让场面不致太过尴尬，总算有人开了金口：一本二本，庄稼为本。种地每年都有收成，换成种核桃，三五年才见得到效益。

光靠一张嘴说服不了大家，骆云莲决定手脚并用。2011年春，腰里揣着十多万现金，骆云莲到绵阳买回来一万多株核桃树苗。村里人打工的打工，外迁的外迁，一些地块好多年都没人挖过一锄了，杂草泄愤似的往上蹿，比人还高出一头。骆云莲本想租上百来亩地大干一场，可没人肯租给她。人家说，要种你尽管种就是，反正地空在那里也用不着给它饭吃。

骆云莲种下的树不仅活了，长得还好。转眼又是春天，她又一次动员村民们开"荒"种树。话说了一大堆，还是一棵树也没说动。

第三年，村里一下发展了二千一百亩核桃树。这一年起，针对长期以来种植缺水、运输缺路、增收缺产业问题，中共汉源县委、汉源县政府陆续启动实施"三大会战"，全面补齐农民生产到销售过程中的基础性短板。按照"农民种、政府补、专家教"的思路，县财政每年设立农业产业发展基金五千万元，对发展特色产业的农户，按照不同品种每亩给予三百至五百元补贴。这根"杠杆"一开始作用并不明显，古路村是个例外。李国恩那句话说得在理：骆云莲自己租地买苗都要干，现在地也不要钱，树也不要钱，要是还稳起"十点半"（一种纸牌打法），我只能说，那不是疯就是傻，要不就是脑子进了水，太阳晒不干。也有不疯不傻却仍是稳起"十点半"的。为了确保树苗下地、成活，乡政府要求每亩地先交两百元押金，验收合格才予以退还，这让一些村民望而却步。他们中有的嫌麻烦、嫌政府给钱不痛快，有的则因为手里紧张。为了让家家都栽上"摇钱树"，骆云莲找了书记找乡长："拿不出保证金的贫困户，由村'两委'出面担保可好？"领导揶揄她："啥时开起'担保公司'了，我咋不知道？"但见生米已经煮了半熟，书记最后马着个脸说，先斩后奏这招，以后再别用了！乘着"三大会战"东风，此后两年，村里又发展了三百八十亩核桃、一千多亩花椒。

树种到地里叫绿化，只有把果实捧在手里钞票装进腰包才叫产业，深谙此理的骆云莲在果树管理上下足了功夫。刚种树那阵，她有事没事到邻村走动。"蹭课"，骆云莲是认真的，不管洋专家土专家，只要碰到懂行的，她都拿出打破砂锅问到底的劲头不耻"上"问。学回来的功夫，骆云莲不光在自家地里练手，还把后来也种了果树的村民找到一起切磋。说是切磋，实际上成了她的"一言堂"：修枝要舍得开"天窗"，让阳光"雨露均沾"；高枝换头，削接穗时刀要果断，手要沉稳，保证削面平整；除草别尽用"百草枯"，草枯了你高兴，树叶枯了你也要跟着哭……

产业的厦屋独木难支，农产品价格波动起伏也大，市场风险不能不防。如何广开财路，变一条腿走路为两条腿——甚至几条腿——走路，骆云莲白天想晚上想，睁着眼睛想，闭上眼睛还在想。

那天晚上，十一点了，听到手机响起，骆云莲皱了皱眉，哪路神仙，这么迟不睡觉？原来是个游客，有句话非说不可，转了四五个弯才找到她。感觉来者不善，骆云莲竖起耳朵，小心翼翼问对方有何贵干。本来是句讨好的话，人家将她的话刷层颜料还回来："的确是有贵干——我们在你们村干（方言，吃的意思）了一顿贵饭！再不管管，古路有些人要拿棒棒抢人了！"弄清事情原委不复杂，骆云莲心里的疙瘩却一整个晚上都没能解开。打电话来的人语气激动骆云莲可以理解，若事情真是那样，话说得再重一点她也可以接受，她难以接受的是一些村民在利益面前方寸大乱。

打电话的人是怎么说的呢？当天，他和朋友一行七八个人慕名来到古路。进村已是饥肠辘辘，见有村民门口挂着"旅游接待"牌子，他们迫不及待走了进去。说好了"一鸡三吃"，他没忍住问，"是不是土鸡哟？"老板冲他笑笑："放心吧，我就够土了，比我还土！"看着老板淳朴的笑容他当时还觉得不好意思——这里一切都是原生态，自己这一问，太煞风景。哪知鸡肉端上来却不是想象中的味道——作为好吃嘴儿，他一尝就知道，无关手艺，这是食材问题。他最后一句话说得字字用力，以至骆云莲听起来，像一排子弹打在耳膜——"价格高点想得通，但以次充好、以假乱真，这不是敲棒棒，简直就是侮辱我们的智商！"

游客反映村里有欺客宰客现象不是第一次了。农家乐价格像夏天的河水说涨就涨是宰客，所谓欺客，则是没开农家乐，或者开着农家乐但生意清淡的村民想着法子讹人。有游客循规蹈矩游玩，却被人指摘伤了他的庄稼。有游客买了老南瓜下山，走出一里地被人拦住，说你这瓜是从我家地里头摘的，不赔钱不许走。骆云莲早就想刹刹这股歪风，只是一时间分身无术，没来得及动手。

从琐事中挣出身来，骆云莲去了头天晚上被投诉的农家。也不和主人打招呼，她径直冲进厨房，打开冰柜。见里面冻着三只鸡，她已心中有数。她问这是啥情况，人家还故作镇定，"一切正常，平安无事！"骆云莲瞪他一眼："土鸡是啥颜色，洋鸡是啥颜色，哄得了别人还骗得过我？"主人家这才说了实话："前几天赶了骡子驮核桃下山，心想打空手回来划不着，顺道在镇上买了几只鸡。"又是人无信不立，又是一口吃不出个胖子，又是不放长线钓不到大鱼，道理讲了一箩筐骆云莲才说，以次充好，以假乱真，典型是光屁股系围腰，顾前不顾后。快给人家认个错——打个电话也好。对方却人不为己天诛地灭一个愿宰一个愿挨地说了一大堆，话是越说越难听，只差骂她狗拿耗子多管闲事了。也不管对方怎么看怎么想，骆云莲扔下一句话头也不回地走了——要是不给人赔礼道歉，一条路走到黑，我保证再没游客到你家来！

骆云莲不是说说而已。她召集村组干部开会，动议在《古路村村规民约》里加上一条：但凡欺客宰客，一经查实，立即拉入黑名单。村规民约要村民签字认可，骆云莲专门召开户主会，提出在一线天树立"曝光台"，公布举报电话，同时曝光"黑"客的店家和村民，让游客见了他家绕道走，上面来了惠农政策，他家也先靠边稍息。多数村民举双手赞成，骆云莲心里十分欣慰，这说明大多数村民明是非、懂道理，说明古路乡民风尚好。

这一招见效之快、效果之好连骆云莲都没想到。那个之前嘴比鸭子硬的经营户很快服了软，不光给举报他的游客打电话赔了不是，还当着骆云莲的面表态：冰柜里的"洋鸡"留着自家吃，下次——若是再有下次——你把我一家老小名字通通写到"黑板"上去！没等骆云莲点名，说游客踩坏了庄稼、摘了南瓜的村民也坐不住了，一个电话检讨一个负荆请罪，说人怕出名猪怕壮，这次放他一马，保证再没二回。

"曝光台"只在骆云莲嘴角露了个脸，在村规民约里亮了个相，就耸立在了村民们的心坎上。村里紧跟着组建了"天梯人家旅游合作社"，为旅游业有序发展筑起又一道防线。组建合作社，用意在防守，更在进攻。防守只能固守城池，进攻才能拓土开疆，而古路旅游无论规模还是品质，都亟须一场风云变色的突击。

先说规模。到2015年，全村只有三户人从事旅游业，三天打鱼两天晒网还是常态。显然，这不过是山腰子上一片云，没成气候。

再说品质。村里房子大多老旧，说来这是优势——为求古意，有的景区景点、旅舍酒馆刻意都要"做旧"。问题在于，村中旧居空间狭小，并没有给民宿经营留下多少用武之地。就算房子稍宽些的，不管硬件软件，跟城里人心理预期差的都不止一条街。就不说高端、讲究的"贵客"了，就连习惯了"穷游"的背包客顶着一头蠓虫从茅房冲出来，也无不憋得脸红筋胀："哎哟喂！都这年头了，还是旱厕！"

游客需求与接待条件之间的落差，也是古路村旅游资源与产业层次间的落差。看到症结的骆云莲组织村民代表去远远近近的新村、民宿参观，帮他们打开眼界，同时让别人的成功为他们的信心输血。对有意改造住房、增加接待能力的人家，村上出面协调信用社提供金融服务，并在建材采购、交通运输上提供方便。贫困户"五改三建"，骆云莲每家每户都要走到，说的话有长有短，有一句却是"标配"：要想搞接待，厕所必须水冲式。索道开通，骆云莲发动了更大规模的宣传攻势，鼓励家家盘活"自留地"、户户端上"旅游碗"。被她说得心热，村里有条件的人家上，没条件的创造条件也在上，到2019年，村里农家乐达到十余家。受实力限制也受观念束缚，古路到现在还没有一家高品质民宿，骆云莲想到了"头羊效应"。只要到外面开会办事，招引有实力的老板打造古路"宏村"，她从来都不怕浪费口水……

第三板斧

骆云莲的第三板斧，基础设施成了目标所向。

　　三板斧像是"三节棍"，自成一体又环环相扣。扫清思想障碍是为了产业跟进，而产业的舰船驶向深水区，离不开基础设施组成的护航编队。

　　2015年初，骆云莲通过县民宗局为古路村争取到三十万元"支援不发达地区资金"。这笔钱说起来不多，重要性却不可小觑。村里的人畜饮水问题早已得到解决，然而，当初条件有限，铺设的钢管直径仅20毫米，天长日久，水管内壁生锈，过水量细若游丝。节假日，游客来得多，主人家节约用水，节约到脸都舍不得多洗一把。即使水管就从眼面前过，地里的核桃、花椒、玉米、大豆、蔬菜也只能干瞪眼。主人顾不上它们，它们也没给主人好脸色看：再不给口水喝，我们就不活了！

　　项目以"一事一议"方式组织实施。水到渠成，村民再不为水伤神，地里的果树和庄稼也不再齐声喊渴。

　　上天仅赐给大峡谷幽光一线，洒向古路人心间的阳光却既慷且慨。2019年6月，一场以塑造古路乡村旅游品牌形象为旨归的会战悄然打响。县建设局在骡马道入口处建设形象山门和游客接待中心，让深山古路有脸有面；县文旅公司负责打造火把广场和观景平台，让彝寨古路有血有肉；县旅游局则从设置路标路牌、打造文化墙等基础环节做起，挖掘呈现别具一格的民俗文化，让风情古路有盐有味。拆迁、征地、现场协调……每天忙得风车转，骆云莲乐在其中。

　　骆云莲脑子里很少有空下来的时候。有的想法冒出来，从一个芽头长成一棵树，枝枝权权的便不是她的身体所能容纳，这时，这棵树就会被她移出大脑，由虚变成实，由一个人的"疯想"变成一个村的风景。连接村里村外的高空索道就是这么来的——虽然她最初的想法是争取修建一条公路。

村子内部，斑鸠嘴到咕噜岩这段路修得并不顺利。牵扯到占地赔偿和施工组织，每天睁开眼就是一堆问题。尤其后来施工中砸了庄稼伤了牛马，工程被迫中断，一停半年。县委书记杨兴品对乡党委书记侯洪兵下了死命令：三个月打不通毛路，你就搬到工地去住！压力从侯洪兵那里传导过来，骆云莲夜不能寐。好不容易工程才又重新启动，不出三天，又有村民站出来阻工：不出钱，一米也别想往前走！

说话的是3组的人。路修往4组、5组，需要占到3组的地。占地赔钱，天经地义，被占了地的人都这么认为。

斑鸠嘴到咕噜岩，也就是从2组到3组这一段路，每亩地给了村民一点五万元补偿。按照当时的政策，集体公益林补助款不能直接分发到户，2组、3组公益林补助款也算是好钢用在了刀刃上。公路修建一波三折，在向4组、5组开进前，政策的方向调了个头，变成公益林补助款必须分发到户。4组、5组公益林不多，钱又有着肯进不肯出的怪脾气，听说3组要收"买路钱"，他们不干了：你们以后就不到我们4组、5组来吗？如果要来，照样留下买路钱！

骆云莲给3组的人做工作：低头不见抬头见，伤了感情不值得。回过头，她找4组、5组村民开会：一本二本，庄稼为本，这话在座哪个没说过？没了土地，庄稼又在哪儿生根？所以别张口闭口说人家八辈子没见过钱，换作你们，地被白白占了，同样不会一声不吭。骆云莲口水都快说干了，互不相让的双方，说出的话却如出一辙：要看他们啥态度。最后，4组、5组同意各自"众筹"两万元"意思意思"，3组被占地的村民才勉强打了让手。

一口气还没出痛快，骆云莲的心又悬了起来。还是占地，还是为补偿款，还是公说公有理婆说婆有理，还是针尖对麦芒，你方唱罢我登场。这一次是4组、5组间的争端。两个组有三十二户人，有地被占的约莫一半，问题就是他们先抛出来的：2组、3组被占的地都有说法，我们这里的也该有说法。另外一半表示不服：当时不是有公益林补偿款吗？钱是国家出的，如果这次国家也愿意出，你们找国家去！

葫芦还没按下去，水下又冒出个瓢来：路从3组过，我们出了"买路钱"。比着壳壳画鸭蛋，路从4组过，5组也得拿话来说！不然我们这亏吃得就太大了——四千多米的路，三千米要从我们4组地里过！

占了地的和没占地的扯不清，5组和4组扯不清，已经够热闹了，从4组又冒出来一个声音：从左也是过，从右也是过，凭啥路偏偏要沿着我家地头过？！说话的是骆云强，图纸上，公路过境3组后要占的第一个地块就是他的，这块地像极了一条皮带，长度差不多一千米！他这一说，其他被占了地的村民也觉得事情明显不公平：是啊，不占东家也不占西家，为啥偏偏要占我家！

缠缠绕绕的一团乱麻，最终还是迎刃而解。2019年6月3日，延宕半年之后，原来的古路村小、现在的村委会旁，推土机的轰鸣，打破了雨后清晨的宁静。

要是把事情处理经过拍成电影，下面几个桥段，骆云莲看着看着，一定会湿了眼眶——

骆云强家　雨夜　内

骆云莲掏出一包烟，递一支给骆云强，自己点上一支："哥哥，占地的事，能不能打个让手？"

"道理我讲过很多次了，要是仅仅占个三分五分、一亩两亩，不说觉悟，光是看在你的面子上我也不会找话说。一占要占我十几亩地，那些地都是辛辛苦苦开出来的，我吃不起这个哑巴亏……"光顾着说话，烟熄掉了骆云强也浑然不觉，骆云莲重新给他点上："哥哥，你都说了，这些地多数不是承包地，而是'三年自然灾害'后新开出来的增种地。增种地现在不还没有确权吗，相当于超生的娃娃没上户口。你说占了可惜，我也觉得可惜。但让其他人赔钱，这事估计行不通——不是你的要求不合理，而是大家拿不出这个钱来。"

骆云强吐出一个烟圈，烟圈从圆形变成椭圆，再溃散成一团雾气，他紧锁的眉头却不见半点舒展："就是要占也不能光占我的吧？就是买彩票，我手气也不可能这么好！"

骆云莲没忍住笑了："路线是专家定的，专家和你一无冤二无仇，犯不着同你过不去。实在要说过不去，那也是路从别的地方过不去。话说回来，专家的设计未必十全十美，下来我找他们商量，看方案还能不能有所调整？"

村委会　上午　内

阳光从窗户照进来，一屋子人的脸上却是阴天。骆云莲的话说得直接："项目没来时，大家天天盼修路，项目来了却被拒之门外，关门上锁的还是我们自己！"

有人回她一句："没人说过不修路，但桥归桥路归路，补偿的事情不说伸展（清楚之意），任随如何说，我们都不得松口！"

骆云莲说："你们不松口，路就没法往前走。工程已经停了一年多，要是就这样拖黄了，后悔的还不是我们自己！"

有人显见是激动了："骆国大，你搞醒豁（方言，清楚、明白之意），是没占地的不出钱，这锅我们背不起！"

"是啊，背不起。这锅我们背不起！"

骆云莲实在是坐不住了，她打直了倚在椅背上的腰身："为啥今天专门请你们这些占了地的来开会？有层窗户纸我一直没戳破——占地不是吃了大亏，而是捡了大便宜！为啥这么说？古路的地形大家心里有数，庄稼成熟，核桃也好，苞谷也好，洋芋也好，人背马驮，累得猴子推妖磨。要是一不小心摔一筋斗——就像前几天，马鞍山的庆燕平摔进县医院——那才真的是遭得惨。路从地头过，三轮车油门一轰，哪还用得着心焦地里的东西运不回去？说句老实话，因为地势高，路不从我家地头过，下一步我修机耕道，还得自己花钱请推土机！所以说，大家不要光算小账不算大账。那句话咋说的？舍不得孩子套不住狼！"

听她这么说，方才叽叽喳喳的现场，有了一小段安静的时间。骆云莲端杯子喝水，水波在杯中晃动，屋里的人差不多都能听个分明。

就像是空旷的操场上突然掉下来一只皮球，有人冷不丁冒了一句："骆云强咋没来？他是'大地主'，要是他都没意见，我也没意见！"

骆云莲等的就是这句话："正因为想通了，骆云强今天才没有来！"

施工工地　午　外

挖掘机进场，引得三四十个村民前来围观。他们有的来自3组，更多来自4组5组。

挖掘机将前方土石一口吞掉，吐到路边。抓斗低头喘气的当口，起先被机器轰鸣覆盖的人声，像洪水过后的石头露了出来。

一个声音冲骆云强而去："你是真的想通了？"

骆云强说："我想不通，路也通不了呀！"

"这条路占了你三分之一的地，真不心痛？"

"当然心痛！只不过，长痛不如短痛！骆国大都说了嘛，眼光要放长远点。路一通，地头的东西收回去容易，游客带走也方便，何况还给5组做了顺水人情。"

挖掘机又一次发起冲锋，工地上的龙门阵，重新沉潜到声音的底部。

天边的小学

一

古路小学成了网红，校长申其军名震四方。如果知名度是一架天平，古路村几百口子打捆放一头，申其军单独扔一边，连顿也不打往下沉的，准保是申其军。

当然，那是很久以前的事了。

那时的古路村一切都是贫乏的，贫乏到给人取名字也缺乏想象力。举例来说，村上开大会，叫一声申其军，至少有两个人应声起立。一个是退位多年的老会计，另一个是古路小学前校长。

作为后者的申其军出场之前，我们先来看看这所万丈绝壁上的乡村小学校。

说不清是什么时候开始，村里有了学堂。先生打山外面来，就着一间茅草房，拿肚子里不多的墨水换些洋芋、荞子糊口，这同后来来村里的补锅匠拿半生不熟的手艺换点粮食养家没多大区别。这是方块字进入古路村的最开始，在那之前，别说汉字，村里听到过汉话（直到现在，村里人还称汉语为汉话）的人也屈指可数。只可惜那时候能从口里腾出粮食来的人少，舍得拿比命金贵的粮食去换也不知有啥用处的汉字的人更少，没等到中华人民共和国成立，学堂便解散了。

悬崖边再次响起读书声是1951年。作为全乡第四个公办教学点，上面一次性派来两个老师。师资力量增长了一倍，生源却维持在原来水平——之前的私塾，最好的时候，学生也没超过八个。这样的局面却没能稳定下来，1958年，随着刘成煜、伍元煜两位老师离开古路，公立学校重蹈了私塾覆辙。

1961年，政府下了决心，非把学校办好不可。村小设在咕噜岩，古路村其余五个大队，每个队都建起校点，老师都是在永利乡招聘，以免学生登天梯走绝壁，以免公办老师离家远，安不下心。不管是让学生就近入学，防止他们在每天来回两三个小时甚至五六个小时的悬崖路上出现意外，还是体察公办老师嫌远嫌苦嫌寂寞的人之常情，就地取"才"，当时的决策者找准了症结。可惜"疗效"并不理想，"全面开花"的局面只维持了几年。究其原因，"读书无用论"根深蒂固，有的校点招生很难。再说，招来的都是民办教师，低待遇遇到高海拔，落差太大，招得来人，留不住心。至于来村里"镀金"的老师就更留不住了，只要一转正，人家身上某个零部件就不好用、不能用了，其实不想走可是不能留了。这样的情况一多，村民就有了议论，古路村没有小学，只有民办教师报到处、公办教师转正点。

　　到1982年，除了村小，只有三队流星岩、五队马鞍山两个校点还在苦苦支撑。也是1982年的秋天，古路村发生了两件大事。一件是姜腾全得了胃癌；另一件是除姜腾全外，全村读书最多的申其军从马托初中毕业。姜腾全是永利乡中心校校长，在老家养病的他见流星岩校点又没了老师，一边吃药一边为仅有的三个学生上课。一个月后，病情进一步加重，姜腾全住进医院。

　　这就到了申其军出场的时候。区教办主任李俊松找到申其军，"姜老师一走，流星岩又得停课，你来顶一下如何？"

　　姜腾全没教过申其军，教过申其军的老师早就在转正后远走高飞了。经验言说一切，申其军知道，说是让他代课，真正要让姜老师再把他替下来，那是摆聊斋。这也是他怦然心动的原因：如果先"代"后"民"，由"民"而"公"，不说是鲤鱼跳龙门，至少也能跳出"农门"，蜕了"农皮"——"农皮"包裹之下，只有面对黄土背朝天的日复一日、吃了上顿没下顿的年复一年。凭良心讲，申其军爽快接招，另一个原因同样至关重要：满地跑的娃娃都沾亲带故，他不忍心看着他们成了"睁眼瞎"。

　　第二年春季开学，上面做出决定，撤销流星岩、马鞍山校点，申其军和马鞍山校点代课老师向玉海调村小任教。后来才搞清楚，村小唯一的老师向开强调万家村去了，村小的"坑"得有人去填。

　　说到这里得补充一句，被撤销的流星岩校点第二年得以恢复，只因从流星岩到咕噜岩的路实在太远太险，让几岁的娃娃在悬崖上"两头黑"，没人放心得下。这个校点在后来的十年间一直处于停停办办、办办停停状态，仍然是因为老师走了又来、来了又走。1995年春季开学，娃娃们坐在教室里，却没有等来他们的老师。流星岩校点不得已再次关门，直到后来连村小也关门大吉。

二

回到村小。两年后，向玉海也转正了、调走了，古路村小只剩下申其军一个老师——而且还是名不正言不顺的"代民师"。

"代民师"还是"代校长"。用带了"长"的目光审视学校，申其军的心往下沉了又沉。全校只二十七个学生，却有四个年级。一个人给四个班上课，这个课怎么上，他希望有人先给他上一课。

相信别人不如相信自己可靠，他相信，只要用心，世界上没有问题是不能解决的。一、二年级在一个教室，三、四年级在另一个教室，给靠近讲台的一年级讲课时，他让教室后面的二年级做作业，另一个教室的两个年级自学。给二年级上课时，就让一年级做作业，三、四年级继续自学。以此类推，二十分钟一节的课，他一天至少要上十节。等到放学，申其军又该批改作业了。改完作业，挤出时间，他还得去家访——甘友能来学校要走三个小时的路，鞋破得都快穿不稳了，他得提醒大人别把娃娃冻着；申其云上课时一副苦瓜脸，下课又偷偷躲到墙角里哭，一问才知道父亲喝酒后对母亲拳打脚踢，母亲死了心，去岩边寻了绝路，他得警告申绍兵，千万别再伤了娃娃的心；李友全一连几天没来学校了，他要当面给家长发出最后通牒：学校是学文化、讲规矩的地方，不是想来就来想走就走的放牛场，再这样下去，你家娃娃就别来了……

叫人别来了，只是吓人不咬人的把戏，真要有学生和家长铁了心回去念"农业大学"，吓得睡不着觉的那个人不是别人，是他申其军。道理明摆着的，一群娃娃都看不牢，村里人会说这个申其军读了那么多书也就这点本事，看来这书，他是读到牛屁股里了。

当了一年代理校长，申其军心里想的东西跟以前有了一些不一样。由"代"转"民"、由"民"而"公"的目标之外，他又有了新目标——在我的手上，让学校变好。

怎样算好？村里适龄儿童入学率只有不到三分之一，申其军说，入学率达不到九成，这个校长当着都没劲。他真把自个儿当校长了。

苟向甫8岁了还光着屁股满山跑。申其军找到苟树方："你家娃娃头脑灵光，一看就是读书的料，天天伙起牛耍，可惜了。"

苟树方说："也没光放牛啊，挖洋芋，掰苞谷，他样样干起来都像模像样。"

"他脑壳这么够用，让他一辈子扛锄头，那是抵门杠作牙签——大材小用。"

苟树方闻言笑了："莫非说，他还能从书本子上读得来二两出息？"

"依我看，这个娃娃只要进了学校，读出八两，只多不少！"

苟树方的笑就从不信任变成了不自信："要想他读书读成公家

人，再活三百年，我也长不了那么大个胆！"

申其军笑着摇摇头，把目光停稳在苟树方脸上："无论如何，让他读几年书没坏处吧。至少，学来的汉字可以当挂路棍，可以陪他下山。"申其军这句话有一个不言自明的背景，村里好多人都怕下山、怕进城，因为他们和大山以外的世界隔着一座更高更大的山——语言的山。

苟树方似乎有些动心了，但他的决心明显又被拖住了后腿："不怕申老师笑话，一学期学杂费要十多块，我家哪拿得出来。"

古路人不爱"卖穷"，实在要"卖"，一定也是被逼到了山穷水尽。知道这一点，申其军也就知道，苟树方是有心让儿子读书的，阻止娃娃进入学校的是四面漏风的这个家，是找不到来路的学杂费。申其军禁不住同情起目光比脸庞显得成熟的苟向甫来：如果有一根火柴，他也许会燃成一个火把。在你尚无力选择命运的时候，命运已经替你做了选择，这样的现实，多么让人心痛。没有条件上学，没有接受科学文化知识的机会，没有走出贫困的能力，这样的人生不就是一副石磨么？——无论时间如何流转，循环的轨道也一成不变。古路人要活得和从前不一样，要从贫穷落后的轨道上挣扎出来，必须跳出这个怪圈，而跳出怪圈和走出大山一样，需要找到路口，需要一条路，学校就是那个路口，科学文化知识就是那条通往远方的路。申其军相信自己八年的书没有白读，相信自己的判断不会有错，恰恰是这份自信，让他变得忧虑变得焦灼：苟向甫这样好的苗子都不能招进学校，要把其他娃娃拽进来就更难了。入学率低位徘徊，他把学校办好的目标就要落空，目标落空就意味着自己没本事，读了八年书还是没本事，恰恰也说明读书无用，说明他的书读在了牛屁股里。

就从苟向甫这里打开缺口。决心下定，申其军又一次去了苟树方家。话没说上三句，苟树方又把话扯到了钱身上："要是手上宽裕，我早把娃娃送过来了，哪还等得到今天！"

"现在不说钱，你先把娃娃送过来。"申其军直截了当。

苟树方听清了他的话，却觉得是听岔了："读书也可以赊账？"

申其军笑了："不叫赊账，我先帮你垫着。"

苟树方眼睛睁得大大的："申老师你要想清楚！听说你一个月代课工资只有二十二块五，我家这日子过得是顾得了上身顾不了屁股，哪天才能打翻身仗我不晓得，这个钱要垫到哪天，我也不晓得！"

申其军顾左右而言他："只要发狠，苟向甫这个娃娃肯定有前途。"

取下第一块砖后，拆除一堵墙变得顺利多了。申其军旁敲侧击，大人们的从众心理和面子观念推波助澜，古路村小学入学率一年一个台阶，到1986年，全校已有八十四个在校学生。申其军的工资涨到了二十九块五，拿在手上的钱却不如刚来时多——他先后为十余名学生垫付过学杂费，这当中有的后来归垫了，有的一垫就是二三十年，当年的学生家长都记不得了，或者想到物价今非昔比，都不好意思再提起还钱的事。

扩展生源只是办好学校的第一步。学生一多，桌凳就不够用了，别的地方画"三八线"，申其军的学生只能画"十字格"。四双小手放在一张课桌上，挤得一会儿这个的书掉下去了，一会儿另一个的本子起了拱，再一会儿就有人为"争地盘"吵得面红耳赤。申其军愧疚不已：学生像是学生，学校不像学校，这校长当得不及格啊！

为了让自己越过及格线，申其军不光拼，而且下了血本。

仗着人熟，他从自己腰包里掏出一百块钱，请村里木匠会树金做了八套桌凳。再让人家做这没有赚头的活儿，他开不了口。桌子上的笔和书本还在一个劲儿地往下掉，只有自己动手"丰桌足凳"了。他将批改作业延迟到晚上进行，腾出来的时间，将临时抱佛脚学来的一点木工手艺现学现用，热炒热卖。桌面是修建学校时用过的两副墙板裁切而成，桌腿和做凳子的材料，有的是他从申绍兵手上购买，有的是他从学校旁边人户里打的秋风。

桌椅差不多拼凑齐整，申其军给自己提了新要求："是学校就该有个篮球场，对吧校长？"还是就地取材，他把淘汰下来的一张黑板竖着锯掉五十厘米，篮板便有了雏形。篮球架是两根松木，虽是"材料"吃紧，看起来和篮板也还般配。巴掌大的操场，连篱笆也是后来才有的，篮球从坑坑洼洼的地上弹跳起来，去向全无章法，学生们因而拍球也和投篮一样小心翼翼——要是弹得一高，方向一偏，篮球出了操场，只怕难以捡得回来。

孩子们激动万分又谨慎无比的样子让申其军心里总像揪着扯着的疼。越是心疼，他越是发誓要对他们好，用他尽可能的付出，弥补老天制造的不公。

为学生垫付学杂费是好，亲手制作桌凳是好，熬夜批改作业是好，爬坡下坎家访是好，给生病的学生端水喂药是好，一丝不苟为他们上好每一堂课是好……

好字易写，好事难做。个中尤其艰难的，每期开学去中心校领取书本和教具可以算上一桩。从古路村到中心校要走六七个小时，往回走，背着百十来斤，路会显得更长一些。早上四点，申其军打着手电筒出发了。交完该交的取完该取的，已是下午四五点钟，见他背着书要往回走，中心校老师说："你这时候回去都几点了？山高路陡，黑灯瞎火，不如住一宿，明天早点出发。"申其军说："提前没打招呼，娃娃们都会去学校，他们有的单边要走几个小时，我今天不赶回去，他们明天就得白跑一趟。"

一个也不能少，一课也不能少。心窝里揣着这两句话，一个人走在路上，申其军也就忘记了孤寂劳累。老木孔的雪地上，流星岩的悬崖边，水井槽的泥浆里，申其军没少绊倒。每次倒下，他的第一反应都是将散落的书本收捡起来，像钞票般码放齐整，若是有书本沾了污泥浊水，就是把衣服脱下来，他也要给它们擦拭干净……

三

申其军的坚持感动了村民，也感动了区教办和永利中心校领导。他们给古路小学增派来两名老师。"单身"生涯这是要结束了吗？申其军心里起了一丝涟漪。谁知好景不长，新来的老师一个教了两学期，一个教了三学期，也都在"民转公"后调离古路。

他们想走，申其军理解。别说他们，他也想走。1988年，他有了长子，1993年有了二儿子申华刚，1994年又有了女儿申燕。除此之外，1994年，娃的大舅在矿山上打工时丢了命，舅母跟人跑了，留下三个娃，大的三岁，小的一岁，也都跟着他们。虽说这时候申其军工资涨到了每月五十五元，但靠这点钱养活一大家子，太难了。和调走的老师来自村外不同，他自己就是古路村的，这些娃娃同他一样，都是呷哈后人，别人心一硬也就走了，他的心也硬过，可只要被那些柔嫩的沾着露珠的目光一碰，立刻就像吹到半大的气球漏了条缝，瞬间就瘪塌下来。除了心软，他想走未走还有一个原因——对于"转正"，他始终心存侥幸，这么多年都过来了，那么多人都转正了，就这样放弃，他不甘心。这几乎是他一生最大的理想，也是他唯一可以被视之为理想的目标。这个目标里藏着他对三尺讲台的热爱，藏着一个编外教师的自尊，藏着他对知识与命运辩证关系的理解，也藏着他希望家里的娃们有钱上中学、读大学的心心念念。

2005年，县上出资二十余万元将古路小学改造为砖混结构。次年6月，县政府专门就解决民办教师遗留问题下发文件，考试合格的民办教师可以正式入编，申其军离目标似乎又近了一步。申其军兴冲冲去教育局报名时才知道，要有中师以上文凭才可以报名考试。只顾埋头拉车，忘了抬头看路！申其军想，如果有时间，别说中师文凭，只怕成人大专的本本都有一摞了，真要被这根硬杠子拦在外面，老天爷就太没有人情味了。他要乡政府和区教办出面替他说话，请他们书面为他求情、争取变通，他们倒是痛快答应了，然而在县政府门前等了五天，申其军等来的答复仍是：这是上面的政策，我们也爱莫能助。

太阳火辣辣地晒在身上，申其军心里却像结了一层冰。是时候兑现诺言了——自己在心里说过一百遍不干了，人无信不立，今天的结果，就是对自己最大的否定。申其军想去山外换个活法，瞌睡遇到枕头，矿老板庆其华找到他说："以前叫你来，喊山一样你都不应。不过现在也不迟，给我当会计，每月保底一千块。"

这时候，申其军每月工资只有一百九十五元。看在钱的分上，他应了下来。

庆其华前脚刚走，永利乡党委书记苟国军后脚就进了屋。年轻的书记心事比申其军的还重：申老师，晓得你想不通，我也不想劝你……

"谢谢书记不留之恩。"申其军反应不慢。

苟国军尴尬地笑了笑："你一走，这个学校就又停了。这么多娃娃没人管，一夜回到解放前。"

"另外再请一个不就得了？"顿了一下，申其军又说，"真要重视，请上两个三个也不多。"

苟国军说的也是大实话："就别说两个三个了，乡政府穷得叮当响——不瞒你说，我昨天亲自去莫朵动员过一个人，人家开口就是一千多！"

申其军赶紧截住他的话："这就是政府的事了。你们大会讲正义，小会讲公平，让我一个代民师操县政府的心，哪里来的正义，又哪里来的公平？何况说，我又不是不晓得我是个啥东西。假装是校长，打屁都不响！"申其军越说越激动，口水星子差不多都溅到了苟国军脸上。

苟国军不光不生他的气，脸上反倒溢出了笑："要说不响，那是冤枉。这么多年来，你申老师教过的学生少说也有一两百个。这当中，苟向甫考上大学，石万民、张腾超考上中师，当了公办教师。没有你就没有他们的今天，他们响了就是你响了，他们给古路争光，归根结底，是你在给古路争光。"

申其军早给自己讲过纪律，千万提高警惕，小心糖衣炮弹。戴在头上的高帽子还少吗？从教育局到中心校，张口闭口向你学习，大会小会向你致敬，然而结果呢？谁诚心诚意学黄牛叫过两声？让我把民师一当到底，就是你们口口声声的学习、漂漂亮亮的致敬？说白了，你们的高帽是圈套，再要当回事，这辈子也别想脱身。因此，苟国军听起来情真意切的一段话，申其军一点不剩地给他挡了回去："要不，你来？"

……

出乎苟国军意料，甚至在申其军本人意料之外，一笔一画的"申其军"三个黑字，最后还是落在了《代课教师协议》白纸上。申其军选择留下，有月工资从一百九十五元涨到七百二十元的因素，有苟国军再次重申"一有机会全力帮你转正"的因素，最为重要的原因则是，他冻结成冰的心，没有经受住学生们泪水的冲刷。决定留下的那天晚上——更准确些，那个即将到来的黎明——申其军对自己说，"他们"已经把你抛弃了，你不能把他们也抛弃了。

四

如果没有过恋爱的甜蜜，也就无所谓失恋的痛苦。这样看来，人生之树生发的很多枝节其实都是多余都是累赘，都是在给锯齿炮制伤疤制造机会。如果早一些悟到这个道理，也许，申其军无论如何也会在一开始就将包唐韬拒之门外。

2004年2月20日，《雅安日报》第二版刊发了记者罗光德采写的新闻通讯《天梯人家》。6天前，罗光德在金乌公路建设工地采访时意外听说了古路村和古路小学，情难自禁，他从同事那里借来相机，怀揣四个胶卷，孤身进村采访。天梯人家的贫苦、古路小学的简陋、代课老师的坚守和付出……眼前场景转换为文字和图片，再转换成报纸版面，罗光德闯了祸。有报社领导认为稿件没有体现正面宣传为主的方针，批评他没有全局意识，不善于从火热的现实生活中发现和捕捉亮点，反倒是泄气不鼓劲，添乱不帮忙。坐在火山口上的罗光德脱离困境，得益于同行无心插柳的遥相呼应。他的稿子连文带图被《成都商报》转载，时隔不久，《教育导报》记者杨绍伟采写的《挂在"天梯"上的学校》也见诸报端。

几乎是在不经意间，古路村和古路小学成了媒体竞相报道的焦点，而《华西都市报》的持续关注和记者杨涛命名的"天边小学"，更是极大地激发了外界对于古路的好奇。更多媒体聚焦申其军和他的学校，越来越多的爱心人士、爱心物资从四面八方涌向"天边"。

包唐韬是申其军接待过的若干外来者中与众不同的一个。2008年7月，毕业于湖北第二师范学院的包唐韬辞掉广告公司的工作来到汉源。那天，申其军在县里参加简笔画测试，接到包唐韬打来的电话，打摩的赶到一线天同他会合。听说这个没有手续的志愿者要到古路支教，申其军一口回绝了，他说我这个老师是"歪"（方言，不正规之意）的，你这个志愿者也是"歪"的，我们两个加在一起就"歪"到家了。让申其军改了主意的不是包唐韬科班出身的背景，不是他坚决服从管理的表态，而是他画下的一个大大的饼："我有一些朋友很有实力，我会动员他们为古路捐资办完小、办初中。"申其军正为学生升学不畅头疼，家里几个娃娃念中学的事也日益成为心病，包唐韬真要能把初中办起来，娃娃们就不愁升不了学了。这么想着，申其军答应让包唐韬试试。

包唐韬用三件事很快证明了自己的实力。一是当地中学教育资源紧张，包唐韬出面协调后，古路小学当年的十二个毕业生一度卡壳的升学问题得以顺利解决。二是村里虽有六部手机，但因为不通电，电池耗尽只有下山去充，村民打电话，往往意思还没说完整就着急忙慌地掐了。"5·12"汶川特大地震后湖北省对口援建汉源县，申其军在县城正巧碰到湖北作家采风团。听明缘由，采风团共同捐资四千元为村里买了一台小功率发电机。此后，"我们爱读书"社团还为学校捐款、捐书。三是一个多月后，包唐韬的师妹杨菲也从湖北来到古路，不光课程变得生动，就连学校和村子似乎也变得更有活力起来。

包唐韬和杨菲来村里支教，对申其军来说，好处显而易见，课程压力没那么大了，精神上没那么孤单了。更大的好处是完小、初中，包唐韬画过的饼，远远闻着都来劲。想着村里、学校和自己得到和可望得到的好处，申其军就有些难过起来。他难过的是两个大学生放着好好的前程不奔，背井离乡来同他一起受罪。觉出了别人的好，就要用自己的好来回报别人的好。这句绕口令一样的话申其军没有张嘴说过，却是他的处世哲学。两个新老师刚来时不会做饭，申其军就抽时间帮他们煮饭炒菜，或者把他们叫到自己渊曲的家里"打牙祭"。

一切似乎都在好起来。2008年11月，由于包括中央电视台在内的众多媒体持续报道，新浪网广大网友极力推举，申其军成为当年央视"感动中国"人物候选人。当时村里一台电视机也没有，申其军也就不知道"感动中国"是怎么回事，他只是从"央视"和"中国"里隐约掂量出了"候选人"的分量，进而乐滋滋地想：真要评上了，想不转正，只怕也难！

申其军人生里的高光时刻，却是"天边小学"从天边消失前的落口余晖。

申其军同包唐韬的矛盾没过多久就显露出来。他正嫌包唐韬和杨菲音乐课上得多了些，他们又自作主张开了地理课、自然课。课还经常拉到外面上，惹得申其军班上的娃娃人在教室心却满山遍野地跑。申其军说，语文和数学是教学重点，你们主次不分，学生学不到真东西。包唐韬说这叫快乐学习，培养孩子的学习兴趣，促进他们全面发展也很重要。申其军说快乐是快乐了，学习却荒废了。《教学大纲》总不能不要吧？期末考试总不能画鸭蛋吧？包唐韬说，我们两个大学生还教不好这几个娃娃，你是门缝里看人。申其军说，地震后，我连夜搭棚子都要给娃娃们上课，就怕误了学习。我辛苦抢出来的时间，你们耍耍闹闹就给浪费掉了。包唐韬说学习不是死记硬背，学习讲究质量讲究效率。申其军说，那就说质量吧，前段时间测试，你班上考几分十几分的都有，我教的起码也是六七十分。包唐韬说，这些学生基础太差，有的到毕业还不会乘法口诀，既然他们不能成龙成凤，倒不如让他们开阔眼界，增长见识，只要把自信建立起来，即使有一天不读书了，他们还可以面对自己和人生……

都觉得自己是为学生好，又都说服不了对方，天长日久，两个人的矛盾就加深了。申其军想，作为校长，再任你们这样乱来是我的失职。于是，他代表学校做出决定，包唐韬和杨菲教低年级，自己教高年级。包唐韬找申其军理论：我们好歹也是正规大学毕业，你不能瞎指挥，杀鸡用牛刀，高射炮打苍蝇。申其军说基础不牢地动山摇，让你们教低年级就是信任你们。包唐韬说既然打基础这么重要，你教了几十年，比我们有经验，这么重要的任务最好还是你亲自完成。不得已，申其军实话实说：眼看就要考试，再这样日白亮晃（方言，混日子之意），这拨学生就没搞头（方言，前途之意）了。包唐韬说，都没试过你咋知道呢？我带他们，我比谁都有信心！

双方的争执起了头就没有尾。有一次，申其军受邀去湖北培训，回学校发现有学生在教室里打架，包唐韬不仅坐视不管，还说这不算打架，只要不头破血流，只要不是男生欺负女生，任他们去玩。盛怒之下，申其军召集全校师生开会，对涉事学生严厉批评。包唐韬认为申其军不光小题大做，而且指桑骂槐，当着学生的面，年轻气盛的他和申其军吵了一架……

不管是这些事情中的哪一件，不管当时自己再委屈、难堪，再出离愤怒，申其军后来都选择了遗忘、选择了谅解。他信奉君子和而不同，他相信这些只是教育观念的分歧，他觉得象牙塔里走出来的天之骄子能以实际行动支持古路，能为穷乡僻壤带来活力，能为这些娃娃带来快乐并赋予他们一些自己所不具备的能力，无论如何，总是好的。觉出了别人的好，就要用自己的好来回报别人的好——对他们和他的冲突加以过滤，也算与人为善，也是投桃报李。如果就这样保持平衡也是好的，至少学校还在，至少他不是一个人在战斗，至少，他拿了二三十年的教鞭不会被淡出讲台，被铃声抛弃，像那些阴暗角落里随处可见的木棍般被岁月蒙上灰尘。

事发突然。2009年5月，二十二名学生离开古路小学，把学籍转到了永利乡中心校。学校是包唐韬联系的，转学是包唐韬组织的。为说服家长，包唐韬搬动了远在北京的"I Do"基金。基金许诺，事后也兑现，转学到中心校的孩子，每人每月给予二百五十元生活补贴，直到初中毕业。

申其军大发雷霆，问包唐韬为何要背后搞小动作，偷偷摸摸挖他辛辛苦苦砌的墙脚！当初你咋说的？你说你来是要建立完小，还要开办初中！

说他搞"阴谋"，包唐韬才不承认。小学撤点并校是政策方向，把学生转出去接受更好的教育，这个思路，他也曾向申其军提起，只是关系僵成那样，多一言不如少一语，申其军没当回事，他也懒得多说。在申其军追问之下，他说树挪死人挪活，古路小学各方面条件都太简陋了，只有让学生到山下读书，同外面接轨，他们才有希望，古路才有希望。

申其军找区教办和县教育局领导讲理。他没想到的是，他们和包唐韬是同一个立场。2010年9月，又有三十二名孩子迁离古路小学。随着这批孩子的离开，包唐韬也结束支教生涯回了湖北。他的师妹杨菲，则于一年之前告别了古路。

古路小学重新回到"一师一校"时代，"琅琅书声云中荡"的旧日时光，却似乎是再也回不去了。二十八年间，申其军教了接近三百学生，这时只留下来五个孩子。树还没倒，猢狲却先散了，申其军心里被打翻的五味瓶搅得一片狼藉。

申其军没想到，就连"最后的果实"，他也没有保住。

2009年11月4日，县教育局局长康克君来村里告诉申其军，为了让古路村的孩子受到更好的教育，县上计划撤销古路小学，在校学生转校到乌斯河镇上由铁路部门与地方联办的"路地小学"，县政府已经做了研究，每月发给每个学生三百元生活补贴。

好好的学校，说不要就不要了。申其军想不通。

申其军对古路小学割舍不下，其实也是难以同自己泼洒在校园里的心血挥手告别，康克君知道，也理解。但是他说，边远山区教育的欠账，现在到了必须偿还的时候。教育不跨越，娃娃们接受的教育不充分，古路的经济社会发展必然又会产生新的欠账。我们每个人都不愿意欠账过日子，一个地方、一所学校，也是这样。

五

2011年11月20日下午4点，申其军和剩下的几个学生一起举行了古路小学最后一次升旗仪式。当孩子们的身影渐行渐远，他知道，一切都已过去，"天边小学"即将从天边消失，又或者——正在消失。

曾经的代理校长申其军最终没有"感动中国"，也没有转正。如今的他在"路地小学"负责住校生卫生和伙食团管理，每月工资八百六十元，年底考核合格，每月另有三百四十元补贴。2019年10月里的一天，在"路地小学"促狭的宿舍里，申其军告诉我，这份工作，他是要干到退休了。申其军生于1963年，能守着自己最后一批学生读书直到退休，他将之视为缘分。

　　路地小学坐落在乌斯河镇一台坡地上，抬起头来，大峡谷两岸像是默默注视着学校的另一双眼睛。尽管这里离曾经的古路小学很远，远到再怎么用力也不能看见，申其军还是习惯了在闲暇时举目凝望，在想象中，让一座山峰或者山峰背后的世界成为他的学校。这个时候的他看起来那么平静，而他平静的表情下，内心从来都不安宁。

三十而已

"自投罗网"

二坪小学关门已11年。全村四百多号人，只有村干部会说不多的几句汉语，能写一百个汉字的村民加起来不到十个。斗大"男""女"他们中的大多数都不认得，就连人民币上数字，也当了"外星文"看。

二坪人因此很少下山，有的甚至一辈子没出过村。

没出过村不光是有一道语言鸿沟阻隔了山上山下，李桂林不是不知道。但是太离谱了，上面那些事，在头一次听说的他看来，简直就是天方夜谭——这都什么年代了，说句话的工夫，二十一世纪的曙光就要照彻大地！

二坪村，就是凉山州甘洛县乌史大桥乡二坪村。李桂林找到乡政府，点名要见阿木铁哈。阿木铁哈是乌史大桥乡党委书记，兼任甘洛县苏雄区教育组组长。

李桂林是为二坪百姓鸣不平来了："连所学校都没有，你这领导怎么当的？"

阿木铁哈如实相告："学校有，只是缺个老师。"

"不就一个老师？"李桂林嗤之以鼻。

阿木铁哈苦笑着，"李老师书教得好，忘性也不差。"

1985年，李桂林从汉源县马托乡初级中学毕业，回万里村小当了"代民师"。连续五年，他的学生成绩在全学区最差也是第二。正因名声在外，一年前，阿木铁哈派人请李桂林到二坪教书，开出的条件是每月工资六十元，比在万里多十七元。李桂林顿也不打地回绝了："万里和二坪虽只隔着一道大渡河峡谷，却已是雅安地界。抛家舍口去你那里，我又没疯。"

阿木铁哈打起感情牌："一座山分不开一个天，一条河隔不断一家人。他们都是彝族，你我也是。能帮就帮一把，反正不是外人。"

李桂林答应帮忙，回老家找一个老师。他在心里骂自个儿：谁叫你无事生非，自投罗网。

"要是找不来呢？"阿木铁哈趁热打铁，技术炉火纯青。

李桂林打下"包票"："如果找不来人，上山的就是李桂林！"

到二坪教书，一要有文化，二要会彝语。把村里符合条件的人访遍也没找到"庙门"，李桂林蔫得像个茄子，摘下来晾过两天。

"新郎"娶亲来了，"老丈妈"还不知在哪儿。这顶"大花轿"，只有自己乘了。

天不亮出发，走到乌斯河已日上三竿。从乌斯河走到雪区，又是一个半小时。

一座颤颤巍巍的铁索桥横跨大渡河，桥板稀稀拉拉。走过这座桥，爬过一道坡，穿过一个村庄，前面没了路。

一道断崖挡在眼前。紧挨断崖搭着一架木梯，几乎呈九十度站立。李桂林额上背上渗出了密密的汗，双脚则像焊牢在了地上，想挪也挪不动，想提也提不起。悔意在心间翻滚起来，但是现在，他已没了退路。

有人在前面拉，有人在后面推。爬过五道天梯，夜幕合拢前的一线缝隙里，李桂林远远看见了二坪——一个不通路、不通电、不通水、不"通"文化的深山彝寨。

"抓壮丁"

把一片废墟变成学校要多久？二坪村给出的答案是二十三天。

学校像个样子了，李桂林兴冲冲去中心校领书。校长阿木克都和他，一个比一个头大。

"没有书！"自知责任在自己，阿木克都后面的话说得小心："听说过你要去二坪代课，但以为只是说说而已。"

李桂林扭头回了马托。他去寻书。

他在老家那边学生旧书上动起脑筋。把邻近村寨走个遍，再把目光投向红花乡，李桂林成了"收荒匠"。

1990年的二坪村，国庆节成了"开学日"。教室里坐着三十四个学生：最大的木牛劳以十四岁，最小的阿木支也已满九岁。

"a, o, e, i, u……"读书声响起来了，从胆怯到不是那么胆怯，从不整齐到有那么一点整齐。音乐般的书声从屋顶茅草的缝隙间，从没有玻璃的窗格里飘出教室，和金灿灿的阳光汇聚一起，让野梨树的果子变得新亮，把蒲公英的绒球带向四方。

白天不是上课就是家访，备课、批改作业都在夜间。煤油耗尽，柴油补位。油尽灯枯，电筒悬在房梁上，成了"探照灯"。电池用完，借助竹篙续航。竹篙就是把竹子晒干当火把，拿得近了怕把自己点着，拿得远了眼前又朦朦胧胧。

事情一多，懒得做饭，李桂林常常蒸上一锅红苕管三天。有时候躺在床上饿得睡不着觉，好不容易睡着了又被肚子"咕咕"叫醒。

肠胃犹在抗议，耳朵又来添堵。有人正告李桂林：民办教师，就是一桌"残汤剩饭"。

……

越是天光暗淡，李桂林心里的一盏灯越是明亮：自己舍得吃苦，他们才能成人。

二坪村积压了不少适龄儿童，学校复课一年后，之前没报名的孩子心动了，原来没长大的孩子长大了。李桂林申请增设一个班，领导答应爽快。增加老师的要求却打了五折："工资我们开，能不能找到人，要看你的水平。"

脑海中，雷达一番扫描，李桂林搜索到两个同学。辛同学刚从师范校毕业，家住红花乡。顺河乡的邱同学，初中毕业后一直在家务农。

话题上了轨道，两个同学见面时的亲热劲都在刹那间没了踪影。

"我要一走，班上娃娃咋整？"邱同学篮球打得好，踢球也不赖。

"就算我同意，家里肯定也不干。你总不希望我风平浪静一个家，弄得鸡飞狗跳！"辛同学话丑理端。

李桂林想到了陆建芬。她是同班同学，也是结发妻子。

"神经病！"李桂林话没说完，父亲李洪云挡了回去。挡回去还想推远点，父亲说，"'抓壮丁'竟然抓到家里来了，说好听点这叫六亲不认，说难听点这是心术不正！"

李洪云不愿儿媳上山受苦，更不愿孙子跟去受罪。李威才两岁，二坪上不沾天下不挨地，要是有个急病快痛，去医院只怕来不及。

一开始把头摇成电风扇的陆建芬还是背着李威上了山。

是亲家陆兴全做通了李洪云工作。陆兴全说："我也是当老师的，我知道，山上多一个老师，就能多一点希望。将心比心，那里的娃娃更可怜，更需要有人心疼。"

"举手之劳"

第一堂课结束，陆建芬把阿衣以布带到自己屋中。

"冬天的雪地多好看呀，粪蛋蛋落到雪地上，可就不好看了。"老师的话带着花果香。

洗完脸老师又给阿衣梳头。梳子在发丝穿行，像春风拂过树梢，像月亮穿过云层。阿衣以布高兴又担心，她怕惹同学嫉妒。陆建芬笑了，"咱们十一个小仙女，老师每天都会帮着梳头。"

放学后，操场上响起咔嚓声。头一年，刚到山上，李桂林发现村里男人个个顶着"天菩萨"。他从山下买了推子，要给他们理发。毕摩不干了，说"天菩萨"是男魂住处，谁也碰不得。老师同毕摩的较量最终前者胜出，李桂林却给自己惹下麻烦，因为所有男生小平头都是他一手修理。

"举手之劳"天天都有，有的还耗时费力。

教室是茅屋关系不大，厕所不像样也能克服。但学校没有围墙，常有村民长驱直入，过来看稀奇。他们放养的牛羊也跟着来，时不时还"唱"上一句两句。外面动静惹得学生獐头鹿耳，牛羊随心所欲卸下的"包袱"，臭不可闻不说，还让人无处下脚。夫妇俩动手编篱笆，花了一个多月。

同闲杂人等、动物世界刚刚划清界限，一道堡坎在大雨冲刷下拉起警报。学校不能垮挡墙就不能垮，"劳动"填上"课程表"，成了每日里"最后一课"。周末则是夫妇俩的"自学时间"，"自学"内容是在一袋水泥一块砖也没有的条件下，搬石头垒砌挡墙。

边琢磨边动手，一个又一个周末，夫妇俩起得比鸟早，歇得比羊迟。两年过去了，均高一点五米、总长四十多米的两道挡墙拔地而起，而筑起挡墙的大手，也由细皮嫩肉变得老茧丛生。

"副业"尚且干得有滋有味，"主业"自然抓得有声有色。1996年6月，统考成绩发布，二坪小学毕业班在全县名列前茅。李桂林被评为优秀教师，破格获得会理师范校民师班报考资格。

老马不死旧性在。1998年春，乌史大桥乡人代会上，学成归来的李桂林翻起二坪小学改造的"旧账"。

新上任的党委书记尔布克哈研究后做出答复：明年，全乡"农村教育费附加"不撒胡椒面，全给二坪村！

一万零八百元，李桂林和二坪村老百姓动手建起全村首座砖房，创造了花小钱办大事的先例。

"先例"一说来自中纪委下派干部陈国仕。只是他来二坪，"首座"站立已有十年。

爬上天梯，当鹤立鸡群的砖房映入眼帘，当得知全村仅有的砖房是一所学校，学校仅有的老师是一对夫妇，陈国仕感动不已。

他问学校还有什么困难，李桂林实话实说："下上一场雨，鞋底泥巴两寸厚，教室成了放牛场。如果把操场硬化，二坪小学就提前进入现代化了。"

"十吨水泥够不够？"陈国仕问。

"够了够了，多的都有！"李桂林话音刚落，陆建芬接过话茬："连院墙都可以修得起来！"

还是全村总动员，老少齐上阵，二十七天，十吨水泥、七十六吨沙子从村民肩头输送到了工地。

工程就要完工，李桂林心里还有一个地方空着。学校应该有旗杆，可惜没预算。见他茶饭不思，陆建芬从箱底摸出几张钱，"该节约的节约，该气派的气派！"

开工两个月后，清朗的晨风如灵动的手指，将一面崭新国旗，翻出了书页的声响。

二坪村还是二十多年前举行过升旗仪式。此情此景让村民们知道，这个几乎与世隔绝的地方是他们的家，也是五星照耀的土地，是渴望母亲怀抱，也未曾被母亲遗忘的孩子。

老师，老师

已经出门，乃乃布哈又回了一趟家。老师教了新课文，他想把书带上，有空多读几遍。黄牛"哞哞"提意见，他恋恋不舍放下书，为它准备口粮。这当口，一只营巢喜鹊见"材"起意，空降打劫。好容易追回来的书被撕得不成样子，为这个，孩子哭得上气不接下气。

学生爱书如命，老师爱生如书。

因为穷，3组阿木以哈开学时玩起"失踪"。李桂林上门家访，碰上孩子喂猪。阿木穿得破旧，半个屁股露在外面，胶鞋被脚趾顶出两个洞，像张着嘴哭。

母亲害了大病，二十多亩地全靠父亲操劳，这才留他看家，顺带省几个费用。问明情况，李桂林当着阿木父母表了态："让娃继续读书，书杂费我想办法。"

阿木以哈返校那天，陆建芬把一条裤子改小尺码套在他身上，还以"奖品"之名，送给他一双新胶鞋、两双线袜子。

阿木子布出生七个月就没了父母，同爷爷相依为命。夫妇俩没少为阿木子布操心，等他进了学校，更是视若己出。一年级时，阿木大小便开关不灵。陆建芬总在给他换上干净衣裤后，变戏法般拿出一颗核桃，或是几颗花生，把他哄笑哄开心。

为了把木牛布哈"拉"进学校，李桂林三番五次上门做工作。最后那次，离木牛家还有一百多米，两条狗朝他冲了过来。尽管木乃索拉挺身相助，他的左手无名指和左侧髋部，仍然留下两道牙印。

"狗不耕田，女不读书。"二坪人动不动这样讲。也就难怪，李桂林上山第一年，三十四名学生中只有两名女生。陆建芬上山这年所招新生，女生虽然多些，仍然没有几个。

让女娃娃进校园也是拔"穷根"，也是栽"富苗"。夫妇俩说了一遍又一遍，可人家耳朵安了门，声音碰得生疼。

世上没有打不开的锁，他们不灰心。

依格子的双胞胎女儿年满九岁还被关在家中。这天，总是躲着夫妇俩的依格子主动找上门来。原来，依格子得了妇科病，因为一句汉语都不会说，不得已找到陆建芬，借她的笔为自己说话。陆建芬手上忙个不停，嘴上也没闲着："让两个闺女来读书，她们长大后才不吃这样的亏。"

依格子两个女儿入学当年，女生占到新生的四成。

工资不高，夫妇俩腰包常常见底，他们备下的小药箱却从来不曾空着。学生也是孩子，老师也是爹妈。年复一年，他们用行动说着同一句话。

阿咖什扎头顶长了乒乓大的包，流过脓水，患部像咧开嘴的无花果，密密的籽粒让人心惊。这个病没有十万八万治不了，她家却连三五百也拿不出来。

两位老师为阿咖的病找上门，夫吉木乃泪流不止。头一年，大女儿阿衣热哈考上卫校，家里却凑不齐学费。李桂林七弯八拐托朋友帮忙协调，录取通知书才没有作废。

激动的泪也像涌泉。有记者要来采访，李桂林抢先发问："能不能帮帮阿咖？"记者牵线，成都市第二人民医院免费为她开刀治疗。考虑到夫吉木乃一下山就成了哑巴，夫妇俩专程陪孩子去成都，亲手把她推到手术室。

木乃尔哈喉部生疮，眼看就要穿孔。同样是李桂林施以援手，自小没了母亲的他才没落下病根。十多年后，木乃尔哈有了女儿。孩子还没满月就住进重症监护室，前思后想，木乃从雅安把电话打回二坪。老师的手机，又一次成为生命的通道。

远方的家

埋进泥土，种子才会发芽。

李桂林上山之初就把户口迁到了二坪。后来，陆建芬和两个儿子，也都成了有假包换的二坪人。

1995年6月，正月里出生的李想落户二坪已一个多月。这天自习课，李桂林批改作业写枯了笔。起身去寝室打墨水，他被吓出一身冷汗：一条乌梢蛇身子缠在床腿，脑袋探过床沿，一动不动盯着熟睡中的想儿。那以后李想就"入学"了，五年级"蹭"一课四年级"蹭"一课，趴在大人背上的他时不时伸伸小手，蹬蹬小腿，把奶嗝混进了书声。

八年后，11月里的一天，李想不小心摔倒在地，痛得哇哇哭。嫌下山"浪费"时间，夫妇俩只是请"土医生"简单处理一下。寒假里，凸起的桡骨仍未复原。看过片子，医生摇摇头，骨头长出骨痂，手术是唯一的办法。

李威在汉源二中念书六年，夫妇俩没参加过一次家长会。后来有一次，班主任巧遇李桂林，酸溜溜问："生娃有时间，管娃就没有？"

都怪家里事多，到处都得操心。

阿木尔布和木乃索拉大打出手，一副鱼死网破的样子。李桂林风一样刮过去，站在砍刀和锄头中间。事情不大，可一方同情自己哑巴一个，一方仗着自己岁数一把，谁都不给对方台阶下。李桂林当起和事佬，直到干戈化玉帛，冤家变弟兄。

家里人已着手为铁子木乃准备后事。李桂林探望后写下症状，派人下天梯抓药。取回的竟是输液瓶输液管，人们看傻了眼。陆建芬从年前陪父亲住院的记忆里抓住要领，成功把生机输入病人体内。那以后，她就成了二坪村"编外女护士"。

一些年轻人染上赌博，有的竟通宵达旦。刹住这股歪风，突破口选定呷呷尔日。那天，听说这家伙下种的豆子输得一粒不剩还缠着别人不让走，李桂林跑过去，当着屋里十多个人数落他一顿。输了豆子又丢面子，呷呷尔日强词夺理，反唇相讥。李桂林一把抓起煤油灯，"叭"地摔个粉碎……

最闹心者莫过于水。

李桂林上山十五年了，二坪人仍是雨天吃屋檐水，雪天将冰雪在火上化开，其他时候，用背背用手抬。水池边布满动物蹄印，水池通常是半个粪坑。

陆建忠在西班牙开了两间酒店，口头上说请姐姐姐夫过去帮忙，心里想的却是把姐姐一家带出火坑。第一次开口当没听到，当他旧话重提，陆建芬来得直接，向他"借"五万元"水费"。

靠着没想过还实际至今也还欠着的这笔"借款"，二坪村一百零四户人一户不落告别了脏水臭水的"人工水"，喝到了又清又亮的自来水。

最高荣誉

2021年5月15日11时43分，当我钻出汽车，站在二坪小学大门口，李桂林抑扬顿挫的"川普"扑面而来。陆建芬班上学生的读书声尾随而至，让李桂林的声音成了潜水的鱼。

这天是周六，二坪小学依然要上半天课。李桂林来二坪三十一年，陆建芬则有三十年了，每个周末都是如此。

"做一回好事容易，做一辈子好事难。"我向李桂林竖起大拇指。

"三十而已。"李桂林冲我淡然一笑，没有多余的话。

"这是以不变应万变。"这一回，我的话冲着陆建芬。

陆建芬对"万变"深有同感："接通高压电，铺通水泥路，建了新村，摘了'穷'帽，如今的二坪天翻地覆。"

李桂林却在"不变"下加了"着重号"："到现在还有不少外村孩子来二坪读书，学生成绩稳居全县乡村小学第一方阵。"

二坪小学已累计有学生四百多名。他们当中，考上大学和中专的有七八个，正在读初中、高中的又有三四十个。更多"他们"，成了这座高山顶上的村庄向更高处飞跃的支点和羽翼。村里房子修得最漂亮的阿木尔日，最早购买卡车的卡拉阿木，最具实力的养殖专业户木牛拉哈，最早在外承包工程的阿木呷日，都是从二坪小学毕业。

阿木呷日舍得吃苦，又爱动脑筋，做了小包工头。有一次，他承包下一个标段，给铁塔打窝。到了收方，老板欺负他读书不多，想在方量上占他便宜。阿木呷日从江苏打回电话，李桂林把手机当课堂，把圆柱体体积算法远程教授给他。

得到了自己该得到的，阿木呷日来学校说："我们感谢老师，不光因为学到文化知识，有机会改变人生，还在于有你们撑腰，有胆量走遍天下！"

"果果老师""阿把老师"。三十年前，二坪的孩子这样叫自己的老师。

"阿普老师""阿瓦老师"。三十年后的今天，讲台下的孩子们换了称呼。

"果果""阿把""阿普""阿瓦"都是彝语，就是哥哥姐姐、爷爷奶奶。

如此称呼，李桂林、陆建芬当成最高荣誉。如同他们曾经捧在手中的奖状奖杯："双百人物""最美奋斗者""全国模范教师""优秀共产党员"。

"阿瓦老师"2021年11月就要退休，"阿普老师"未来六年的人生时光，仍将与一座村庄、一所村小相濡以沫。仍是玩笑，我问不刷微信也不玩抖音的李桂林，退休之前，抵抗寂寞的武器是什么？李桂林反问我，那么多爱和温暖包裹着，哪里来的孤单？

2010年，在报上看到夫妇俩事迹，一位叫邰静华的老人无论如何要给二坪小学捐款一万元。邰奶奶每个月退休金只有几百元，他们坚持不收，电话里，她哭了："这是我人生最后一个心愿。"

成都"六一童心"爱心组织每年都要来村里向品学兼优的孩子发放奖学金。2016年"六一"那次，看见孩子们没地方吃午饭，他们决定捐建一个彩钢棚，配套桌子椅子。当时二坪不通公路，大件材料都是人工搬运。这伙年轻人上山后就忙个不停，一直干到鸡叫三遍，大功告成。

来学校探访后，好心人肖新成了阿呷俄扎、阿木俄布坚实的靠山。第二年暑假，姐弟俩再次得到邀请，飞赴鹏城度假。听他们讲起同学李琼学习刻苦，却因家庭困难面临辍学，肖新又一次把关怀伸出援手……

陆建芬递给我一沓信。

　　二坪娃娃话不多，但是临到毕业，会把心里关不住的话，悄悄塞进讲桌抽屉，或者夹在老师课本。

　　信笺是拿花花绿绿、长长短短的卡片或作业纸代替。陆建芬盯着它们，眼波柔和清亮："以前有首歌，《幸福在哪里？》，这样的信有不少，我随手拿了一摞。要我说，幸福就在这里面。"

　　展开其中一封，不觉间，我读出了声。

重返二坪村

一

　　乌斯河是一个袖珍小镇，镇口的加油站小得可怜。穿镇而过的S306线正在改造，在加油站百米开外，横跨大渡河的峨（眉）汉（源）高速公路桥墩浇筑紧锣密鼓。一河之隔，乌史大桥乡乌史村地界上，高速公路在不下十米高的空中飘出约莫一里后钻进山中——隧道全长十二千米，最大埋深达一千九百四十四米，为世界第一埋深高速公路隧道。汽车行驶桥上、洞中要在三四年后。眼下，桥墩正向上拔节，机具轰鸣声和叮叮当当的敲击声此起彼伏，编织成密不透风的大网。

　　听说我要把车停在加油站，然后去二坪，身着黄色工作服的她却是比以为我要加油时笑得更灿烂了："你可晓得二坪离这里有多远？"

　　难得低调一回，我说，"虽然晓得，几年没去过了，你帮忙科普一下？"

她的笑变得羞赧起来："其实我也没去过，只是听说，从乌史村走，骑摩托要一个小时，走路要六七个小时。不如从雪区那里走田坪、爬天梯倒要近些——对了，天梯你又晓得不呢？"

"只走过三四回。"听我这么说，她眼神明显与之前不一样，我下面这句话，因此被她信服的目光镶了金边："对面这条路还没走过，这次想打个卡。"

这条路此刻正盘绕在对岸气势雄浑的大山上。说起山的高大险峻，人们从来不乏形容词，比如重峦叠嶂、悬崖峭壁、孤峰突起、下临无地……用这些词形容这座山是不准确的，若要准确，该是这些词语相加。正如再凛若冰霜的人也会有微微一笑之时，乌史村后虽然山势高迈，身段却柔软得多。公路选择从这里爬山是拣了个软柿子捏，虽然"软"字也许并不怎么服气。路在山上盘旋，一段段的能看清，一段段的却像打起迷踪拳，有植被遮挡的原因，有一座山的后面还有一座山的原因。离登顶还有五分之一路程，公路从一个垭口消失，拐入一个隐藏更深的世界。二坪村就蜷缩在那个世界里。

二

热情的加油员帮我叫来一辆摩的。从成昆铁路大桥下穿过，往前二十来米，一座钢架便桥匍匐在大渡河上。桥是2017年11月架的，在那之前，乌史大桥乡一厘米公路也没有。经由这座便桥，修建通村公路的机具、车辆、建材源源不断开进乌史大桥乡。村道开通，峨汉高速扬鞭上马，便桥又承担起支持高速公路建设的重任。

桥上风大，路面又不平整，摩托车像漂在海面的舢板。过了桥，路愈发难走。看过阿波罗一号拍回来的照片的人都知道月球表面大坑小凼，和放大的菠萝皮无异。乌史村紧靠河岸的工地就是一块菠萝皮。姓杨的摩的师傅没忘记提醒我抱住他的后腰。摩托车一路蹦蹦跳跳，怕牙齿咬破嘴皮，我们都没有说话，只是在"菠萝皮"上蹦跶一阵后，杨师拿右手指了指混杂在村舍中的两个院落，"大桥乡（当地人把乌史大桥乡简称为大桥乡）政府就在那儿，旁边是中心校。"

其实，就是杨师不说话，不去指，我对这一带的印象也并非一片空白。2016年1月，以"走亲戚"之名，我当时所在的单位曾组织文艺小分队到二坪小学慰问演出。通往二坪的机耕道那时毛路初通，我们带来的慰问品和简易音响即是从附着在铁路大桥上的人行便道抬过河的。出于安全考虑，我们没有把自己装进三轮车斗，而是选择从田坪村爬天梯上山。再早一些，2011年，我曾有机会造访过中心校。只是那时，乌史村给我的印象，恬静得就像隔着玻璃的童话，安宁得就像落在雪地的月光。而今，一片曾经的田地被占据，一些曾经的屋舍被拆迁，一块曾经完整的天空被分割，屏蔽童话的玻璃碎了，堆成冬天的雪花融化了，洒满一地的月光被雪水冲刷得不见踪影。外力的破坏性在这片土地上高调地宣示自身的存在，我的心中不由生出满满的欢喜。是的，破坏性有时也是建设性的潜台词，或者直接就是建设性的化身——当废墟成为新生的土壤，当毁灭成为重塑的契机，当一扇訇然打开的城门撞破了挂满尘土的蜘蛛网，当响亮的婴啼连接起世界和自身，阵痛之后的涅槃更值得我们欢欣。

　　——2019年12月23日正午时分，当我的身体随着一辆摩托车动荡起伏，思维也不由得波涛汹涌。一周前，我随雅安市美协去西昌参加凉山、雅安两地联合举办的以脱贫攻坚为主题的美术作品展览。人的浅薄和自私很少会自己暴露，多数时候是被逼得快要现了原形，还试图伸手去捂。我对凉山脱贫攻坚面临的形势任务的认识也是这样，如果不是因为要准备一个讲话稿，我根本不知道有"三区三州"这样一个国家级深度贫困地区的代名词，而四川凉山州正好同甘肃临夏州、云南怒江州并列为"三州"，是全面建成小康社会最坚硬的堡垒；不知道凉山州有深度贫困县十一个、建档立卡贫困人口九十七万；不知道就在这一年，凉山州要完成十四点一万人脱贫、三百一十八个贫困村退出，雷波、甘洛、盐源、木里四县脱贫摘帽任务……要说对这些全然不了解，当然也不至于。雅安和凉山一衣带水，从人缘上讲是亲戚，从地缘上讲是邻居，亲戚和邻居家的事，就是不主动打探，风也要刮过来一些，水也要漫过来一些，况且都快进入5G时代了，一个人根本就做不到闭目塞听。然而不得不说，这些信息到我这里已是"强弩之末"，他们的生活过成了什么样子我所知不多，他们正在经历的这场摆脱贫困的斗争进行得如何了，我也知之甚少。

大约也是良心发现，从西昌回来，借助一个"百度"牌望远镜，我对即将进入决胜之年也是收官之年的凉山扶贫之役进行过一番打望。这个过程中，两组数据引起了我的注意。一是截至2019年底，全国贫困发生率最高的十个县，只有六个不在凉山；二是2020年，凉山州将有十七点八万贫困群众脱贫、三百个贫困村退出、七个贫困县摘帽。这两组数据看起来切实具体，在我脑子里却是一片不能清晰聚焦的影像，这有点像我们远远看见一片森林，却并不知道当中有些什么树种，更不知道其中某一棵的高度与胸径，而是与"只见树木不见森林"恰恰相反的混沌与模糊。我的好奇心被激发了，同时被唤醒的还有深藏不露的愧怍感——我的朋友李桂林陆建芬夫妇至今还在二坪村工作生活，而二坪村所在的甘洛县，是等待摘帽的"老大难"。

三

摩托车脾气好了许多，不再一会儿像扭秧歌，一会儿做跳楼状。杨师这才腾出了心思说话，开口头一句："这地方的人现在是享福了！"我问他这话怎么讲。声音被风带过来："这条水泥路是今年1月开通，陡是陡点，窄是窄些，起码可以叫公路，汽车可以往山上开。毛路都没修时那才叫造孽，大桥乡七个村，任何东西都靠人背马驮。我们那一片，大人教育娃娃都说，要是不听话，以后就把你打发（方言，嫁人之意）到布依，或者让你上门（方言，入赘之意）到田坪。要是说把你打发或者上门到二坪村，那相当于说你遭人嫌弃到了顶点，送出去就不打算再回收了。"

我问杨师是哪里人，他说是乌斯河镇苏古社区的——"我们苏古社区就是原来的苏古村，以前在大桥人眼里是好得没法的地方，现在打个颠倒，我们看着人家流口水。"我说你说得也太夸张了吧，月亮走我也走，大桥乡在变乌斯河同样也在变。他说虽然他们那里也在精准扶贫，但"待遇"没有凉山好。问他能不能说详细些，杨师举了一个例：二坪村搞了易地扶贫新村，家家户户都有新房住，他们那里只有针对贫困户的危房改造。说到这里他话锋一转，国家跟人户（方言，家户、人家之意）一样，哪个困难大些，老人的心就偏向谁。他们发展得好我们也不吃亏，拿这条路来说，如果不是国家舍得拿钱铺，你今天走不到这里，我也挣不了这一百块——其实我刚才已来过一趟……

风大，路陡，弯急，摩托车油门又轰得紧，说话着实费力。杨师闭了口，专心骑他的车，我趁机透过三百六十度全景天窗观览风景。要说眼前景色有多出类拔萃也说不上，没有高大粗壮的乔木，没有每每说到崇山峻岭十有八九要跳将出来的奇峰异石，没有流泉飞瀑，没有打扮春天的野花、歌唱黎明的鸟语，只有一座安安静静的大山像老牛蜷伏在地上，而我乘坐的摩托车，像一只从毛发稀疏的老牛的肚腩向脊背爬行的蚂蚁。但我仍是生出游客才有的兴致来了，为这安静的山，为簌簌落在发丝和肩背的大块阳光，为沐浴在阳光里的枯草、树木安详的神态，为钻进鼻孔的风纤尘不染，为坐拥一座远山的富足感。

二十多分钟后，我们来到一个叫布依的村庄。这是个蕞尔之地，平坦的地方种着萝卜，其间不规则地杵着收获后扎成捆的玉米秆。平坦的地方却不大，前面是陡坡，后面也是陡坡，形同一把沙滩椅。椅背上散落着一些人家，有瓦房有平房。椅背后腰处是连片新居，有三五十户。在靠近新居的开阔处，我让杨师停下车，把新村旧居一并装进手机。

重新出发，过不多久，到了一个叫作"过我"的垭口，就是我站在加油站看到公路消失的地方。过了垭口，对面又是一座山，一座更大的山。即使远远看着，山势也给人无以言说的威压：靠山顶两三百米是一道垂直起落的断崖，断崖下沿，一道斜坡向下伸展；往下又是一道斜坡，连着一道崖壁。一条灰色线条隔出了两道斜坡、两个村庄。上方是一个新村，层层错错，蔚为壮观。往北，线条以下，是一爿色调黯淡的房屋，像新村投下的淡影。把垭口与新村旧居联系在一起的，是那根曲折蜿蜒的灰色线条。新与旧的接合处，线条显得平直，而我们下方，看起来岌岌可危。比陡可怕的是，路的一侧靠着高岩，另一侧是上千米的深堑。这时候终于明白，前些日子李桂林在电话里千叮咛万嘱咐，让我千万不要自己开车上来，并非在制造紧张空气。空气已然够紧张了，偏偏杨师还说，"昨天才放晴，这边阴山，好像还有暗冰。"

杨师善意的提醒让我紧张得说不出话，而他的话音却和风声一样大了起来，间杂着车轮下的冰碴儿的呻吟："看见左下方那道弯没？一个外地司机没经验，踩刹车不晓得松脚，结果刹车失灵，从这层路直接掉到下一层……"

他这一说我哪还敢往下看，索性两眼一闭。当身子自动后仰，我知道到了两座山的夹角，路开始往上爬了。又过一会儿，身子归于平正，把眼睁开，杨师、摩托和我，到了新村入口。

"这里是1组。老房子都是1组的，而新村里的房子并不仅仅属于1组。"杨师像说绕口令般向我介绍，然后回过头，目光里是询问的意思："是不是就到这里？"

新村修得漂亮。沿匝道往上走，入口处是一幢三层小楼，彝汉两种文字亮明身份：二坪村党群服务中心。三道双开玻璃门无一例外上了锁，门与门间的外墙上，村支部、村委会、村务监督委员会、农民夜校的牌子挂得热热闹闹。楼前空地被一块做旧的木牌定义为"文化广场"，靠外侧立着的公示牌上贴满表格。往前便是一排排新居了。近前为一楼一底，墙是白色的，蓝色琉璃瓦，一水儿的坡屋面。屋顶都背着太阳能热水器，大小整齐划一。

梦想和现实之间通常都有落差。然而这一次，梦想和现实的距离成了负数。把这句话说明白些，住进结实、漂亮的新家，二坪人梦里都想，但就算胆子很肥的村民，估计也不敢把梦中的家设计成眼前模样。打个不那么恰当的比方，如果他们的梦想值是一百，呈现在眼前的起码是一百二十。一种激动的情绪裹挟着我往前走，却有声音从背后跟了上来："别去了，里面还没住人。"

有过那么一点犹豫，但我还是转身穿过广场，走过匝道，回到主路。路的前头，隐隐约约传来的喇叭声，对我是一种诱惑。随着脚步移动，慢慢听清楚了，喇叭里念的不是文件，不是新闻，也不是重要通知，而是——写到这里，我脑子里闪过表情包里的"笑哭"——不绝于耳的叫卖声："买菜买菜！各种新鲜蔬菜、水果、干杂！有莴笋、娃娃菜、大头菜、菌子、金针菇、芹菜、生姜、大蒜，有柑子、香蕉、甘蔗，有大米、鸡蛋、馒头、花卷、玉米馍馍、麻花儿、汤圆、饺子，有高粱酒、啤酒、豆奶、花生皇、香烟、烤鸭，有圆子、虾饺、火腿肠、清油、挂面，有盐巴、味精、鸡精、豆油、醋、麻辣丝、辣椒面、洋芋粉、花生米、白糖，有洗洁精、洗衣粉、抹桌帕、抽纸、饮料……"

喇叭里的人一遍遍叫着，一个循环大约一分半钟。小喇叭置于一辆微型货车驾驶室顶棚上方，喇叭里叫唤的那些东西，扎堆在货厢里头，和喇叭里一样热闹。这热闹又是有秩序的，仰仗了焊接在车厢里的货架，一排排一架架，规规整整。不用说，这是一个流动微型农贸市场，车主把水果店、蔬菜店、干杂店老板加诸在身。那是一个看起来精明干练的男子，五十多岁，中等身材，偏瘦，爱笑，笑起来抬头纹一道比一道深。呼应着喇叭里和车厢里的热闹的是围在车旁的村民，有老有少，有男有女，有来的有去的。车轱辘上的市场一会儿就要开走，村民知道这个，所以争先恐后。答问，取货，上秤，接过现金或亮出收款二维码，老板忙得不可开交。

一个"美"字将我心里撑得满满当当。二坪喜事多，建起新村是一桩，汽车进村是一桩，老板忙碌是一桩。我为老板高兴不假，但我的高兴更多冲着村民，因为老板的忙是他们生活的显像。

卷贰

重生之路

昼驰夜奔

　　由西北向东南，大渡河浩浩荡荡，流过得妥，流过湾东，流过王岗坪，流过新民。比河要瘦、要高的S217线跬步不离，绕过山，越过水，路过一座座藏乡彝寨，直至2022年9月5日12时52分，震波裹挟着一处处坍塌，阻断了它的进程。得妥至田湾一段已面目全非，田湾至王岗坪一段被轧成了几截。田湾是一条河，也是河口所在的地名，河口在湾东、王岗坪之间，溯流而上是草科。田湾至草科的路，也断了。

　　得妥、湾东为甘孜州泸定县辖，草科、王岗坪、新民三个乡，在雅安市石棉县地界。救援力量进不去，危重伤员出不来，雅安市交通运输服务中心主任张琦有如芒刺在背。

　　坏消息里终于嵌进了一个好消息：县城到龙头石电站的省道和电站到新民乡海耳村的县道打通在望，电站大坝可以作为"便桥"，连接起右岸的县道和左岸的省道。

　　张琦接到命令，立即赶往海耳村。动身前，第一个电话，他打到了石棉的邻县，汉源。

新民码头

海耳村距上游的泸定桥七十公里，距下游的安顺场十五公里。

16时10分，石棉县交通运输综合行政执法大队张靖搭乘一辆摩托赶到海耳村打前站时，这里并没有码头。船倒是有一艘。"川海巡606"头年11月下水，用得不多。

大坝拦河成湖，环湖路边的围墙，地震时垮了一截。跨过残墙，在杂草丛生的湖岸上脚踏眼看后，张靖已心中有数：大批救援力量很快就会开来，新民临时码头，就这里了。

油刚加满，指挥抢险的领导就上了船。张靖掌舵，六十三岁的返聘职工王德全负责瞭望。两岸山体伤痕累累，堆在路上的塌方带，是连绵起伏的浅丘。浅丘延绵到张靖鼻梁上方，和公路上的一样冷峻。越往上游，灾情越是严重。挺进前方的只有这艘船，这艘船只有十四座。令张靖揪心的还有，对岸同样没有码头，船在哪里靠岸，能不能开到岸边，会不会出现意外，都是未知数。

天是铅灰色的，湖面也是。有了保护色，从空中垂下的三档高压线，非抵近难以看见。最低那档离水面也就一点五米，若是王德全迟半秒钟发现它，或者张靖倒船的动作稍有迟滞，高压线就成了绊绳，开足马力的巡逻艇，必定人仰马翻。好在王德全没给高压线机会，张靖的操作也没有半点拖泥带水。

王岗坪乡挖角村，在一个名叫花生棚子的小地方，小心翼翼把船靠到岸边，张靖松了一口气：今年汛期降雨量小，淤积的泥沙不多，船才没有搁浅。

如果能长出翅膀就好了，船就可以飞回新民码头，搭载更多的人过来。张靖接收到的指令却是，把船开到上游两公里处的柑子林。一批重伤员正往那里转移，他得等在那儿，第一时间施救。伤员是手抬肩扛、翻山越岭送出来的，这让接下来的等待显得无比漫长。每分钟都像翻一座山，每秒钟都像过一条河，四十一岁的张靖，真正理解了什么叫如坐针毡。

这批伤员有七个。两排座位上放四副担架，过道放两副，外加三件白大褂，船已塞得满满当当。剩下那一个伤势也很严重，张靖一时间手足无措。办法是王德全想出来的：船顶，船顶上还能躺一个人！

往回走是8时30分。四下里一片漆黑，王德全左手紧握的电筒，是天地间唯一的光亮。王德全蹲在船头，不敢眨眼，也不敢大口出气。能见度太低，低到两岸的山，轮廓都没有一个。湖上飘着一层雾，王德全怕一眨眼，一喘气，会有什么东西猛地蹿出来。他的右手却时不时摆动着，像一尾鱼。实际上却是航标，指引着前进的路线。玻璃反光，为了视线少打折扣，张靖没有坐在驾驶席上，而是弓着腰身。这也是在体恤自己。腰椎间盘突出的毛病折磨他很久了，刚刚出院的他，头一天还在打针。

十多分钟后，三艘冲锋舟迎面开来。后来知道，那是第一支挺进草科的专业救援力量，凉山森林消防支队的救援人员。又走了半个小时，远远看见新民码头上灯光闪烁，蓝的，黄的，红的。

船顶的伤员还在往下抬，船舱已被染成橄榄绿。再往柑子林走，张靖内心笃定了不少。三档高压线上做了标记，县水利局的冲锋舟投入战斗，张琦带来增援的四艘快艇再有十分钟就能赶到，这些都可以壮胆。

不怪张琦来得迟。冲锋舟可以人抬肩扛，快艇块头体重大得多，上岸下水都离不开吊车。四艘快艇是从安顺场下游的汉源湖上起吊的，其中三艘，分属两家旅游企业。六个船员，以及后来加入的十个，则没一个是吃公家饭的。

张靖挨边23时才上岸填肚子。狼吞虎咽下四个面包，一瓶矿泉水还没喝完，他又发动了引擎。

次日凌晨5时20分，确认柑子林那边暂时没有伤员后，吐纳风云的新民码头，迎来了短暂的喘息。

那是一个无眠夜。蜷在车上休息的几十分钟，张琦的手机里，事情进进出出。同样挤在车座上的张靖，则久久地盯着手机发呆。儿子发高烧，四十点五度。

妻下午留言："什么时候能回？"

他傍晚才答："救人要紧，看样子要好几天。"

他希望当家的骂他一句，然而，对话框里，再没一个字过来。

竞渡

时针指向6时10分，当张琦重新站在新民码头，连夜赶到的一支消防队,刚刚把十多只冲锋舟从车上吊到岸边。身着黄色、绿色、白色、黑色服装的救援人员也已排起长队,目光落在码头,落在船艇,落在起起伏伏的水面上,落在水面以远。

随着这批冲锋舟的加入,排队过河的队伍,蠕动的速度快了很多。张琦并未因此显得轻松。靠在汽车后背时,听到领导先交代,有支武警部队9点左右赶到,一点不能耽搁。领导再命令,堆积在码头附近的六千件救援物资,必须尽快过河。

"运力只有这么点儿。"张琦脱口而出。

"老百姓等着救命,你看着办!"领导直接挂了电话。

非如此不可了。张琦向采沙厂老板汪学军求援:"汪总,你的自卸装沙船派上大用场了,麻烦做好准备,开到新民码头。"

对方一听,头都大了:"这,这这可是装沙船呀!"

张琦一句话封住了他的嘴:"强渡大渡河,红军坐的是什么船?!非常之时得有非常之举,海巡艇为你护航,尽管放心!"

9时15分,载重三百多吨的装沙船开到新民码头,秒变运兵船。与此同时,码头上下,无数双手组成传送带,将矿泉水、方便面、棉被、帐篷,将生的信心、活的能量,源源不断送到船上。

大船刚刚离岸,来自安顺场的"勇士突击队"抵达码头。有人从队伍中认出了帅飞,张琦由此得知,当年协助十八勇士强渡大渡河,为首的船工,就是帅飞的爷爷,帅仕高!那一刻,张琦眼泪都要掉下来了:时光的大河一去不返,但历史的回音壁上,信念和勇毅,会一次次重逢。

新民到王岗坪的水路至此已经通畅，但是王岗坪到草科，抢通公路，依然任重道远。

张琦正愁肠百结，龙学松找了过来。

龙学松人称龙船长，随张琦来的新民码头。五岁下河洗澡，十八岁撑船掌舵，几十年过去了，从安顺场到泸定桥，哪里有条沟有道坝，哪里水深哪里水急，比他清楚的人不多。他向张琦献上一计：把船往上开，一直开到草科，开到得妥。

柑子林往上不远就是大岗山电站。大坝两百多米高，船过不去。龙学松的主意是从大坝上往水面吊船，如此一来，水路陆路，便可全程接驳。

张琦电话沟通，电站应得慷慨："救人如救火，我们全力配合！"

快艇还在柑子林起吊，泸石高速公路项目部的吊车已开到大坝。大坝和水面间有二十多米落差，吊臂伸向空中，差不多又是十米。船员得和船一起下水，龙学松想打头阵，却有两个人抢先上船。王洪萍行船八年，没少参加应急抢险，天亮前运到新民码头的最后一船伤员，就是她掌的舵。占着位子不让，她言之凿凿："我都是当了外婆的人了，有个什么也没什么。"

另一个是三十二岁的藏族小伙王江。小伙家住磨西，平日在汉源，是个"破烂王"。地震后，家里的电话打不通，货厢里装满食物和矿泉水，他开着三轮就往震中赶。到了新民，没了路，他就地捐了物资，当了志愿者。听说龙船长他们要向上游挺进，他死磨硬缠，非要跟着去。王江没有船员证，说服龙学松，他的理由，却也无可挑剔："你们人手紧张，晚上照明，码头上牵绳子，扶人下船抬东西上岸，让往东走，我不往西。"此刻，看了王洪萍一眼，他的话也就有了底气："须眉不让巾帼。何况说，她有老有小都敢上，我光棍一根，怕个啥？"

第一轮"空降"，紧张也顺利。6时23分，龙学松和甘思情坐到船上。张琦临时委任龙学松为"带头大哥"，"带头大哥"告诉张琦："前面有个拦污栅，如果二十分钟内我们回来了，说明过不去。如果没回来，路就通了！"

时间过去了二十多分钟，龙学松他们没有回来。张琦刚想往回走，两拨人把他围住。一拨是来自凉山州的摩托艇志愿者，另一拨是携带冲锋舟的消防队。他们也想下河，去前方救人。

到了7日上午，电站大坝上，吊车仍在紧张作业。不断有人和船只从这里向草科、得妥进发，此外，快艇运过来的两批伤员，也通过吊绳上了大坝。

把船吊到河面，把握还是大的。把伤员挪到铁笼子里往上升，看着铁笼在空中左晃右荡，坝上坝下的人，脚趾头都抠紧了。一般伤员可以走此捷径，危重病人则是从上游一公里处的临时码头抬上岸，再一步步抬过大岗山。山高，路陡，翻过去要四五个小时。卡脖子的最后一公里，让张琦感到窒息。

又是龙学松出的点子："如果电站开放交通洞，从临时码头开车上大坝，只要三五分钟！"

电站方面仍是应得痛快。只是同时，对方如实相告，交通洞出口附近，垮塌的山体设置了四处路障，每处都有六七米高、三四十米长。

情况没摸清，抢通方案就出不来。驱车前往，下车步行，越过六七米高的堆积体，张琦丝毫没有犹豫。

险情说来就来，而且来势汹汹。张琦只抬头看了一眼，就认定自己活不成了：山上哗哗啦啦滚下来的石头只怕有两三百块，大的像脸盆，小的像鸭蛋。两只鞋都跑掉了，张琦还是没能突破石头的围堵。脚下一滑，身子一栽，张琦跌倒在了地上。衣服裤子被划破，身上留下十多处擦伤的张琦，竟没滚到河里，也没被乱石击中要害部位。

"革命尚未成功，同志还须努力，老天心里有数。"张琦说得轻松，眉毛鼻子却都拧巴着，脱离了原来的位置。说完他又去裤兜里摸手机，机具怎么组织，他脑子里有了灵感。

同事先听到的，却是"哎哟"一声。

是肿成了萝卜的右手中指不服气："你再心大，也把我往眼里放一点儿！"

摆渡人

一前一后，两艘快艇急驰在大渡河上。

油门已开到最大，王洪萍仍然嫌慢。夜色的大网正在落下，她知道迟早要落网，也知道落网早和迟，主动权掌握在自己手上。别说一秒，零点一秒也要去争。争输赢的话，犯不着。争的是命。

头天下午，接到来灾区抢险救援的通知时，王洪萍人在船上。吊完船大约二十时，公司领导让她回家带两身换洗衣服，王洪萍说，来回一趟要二十多分钟，但是救命，一分钟也耽搁不起。没给家里打电话，穿着一身迷彩服她就出发了。她怕家人拦，也怕他们担心。

很快就到了田湾。往前是得妥方向，往左是田湾河。稍早时，龙学松得到指令：田湾河边的爱国村有伤员要转移，湾东电站附近有解放军官兵要接应。龙学松做了分工：他和王洪萍带上岸边的村民接应官兵，甘思情和王江去爱国村转运伤员。

官兵们上船后天已黑尽。手机的电筒光只冲出两三米，就在重重夜幕的拦截下，反弹回来，或者遁入水中。王洪萍紧握方向盘，恨不能把脑袋伸到玻璃外面。湖上"水雷"密布，那是树木或建筑物的碎片，被垮塌的山体带到水中，随波逐流。来自天上的"炸弹"跟得也紧。余震来袭，也可能并没有发生余震，大大小小的石头前追后赶往下掉，滚落山脚发出震耳的声响，跌入水中激起刺目的水花。石头和石头碰撞一处，白天有烟带，晚上有火花。远处火舌闪烁，眼前白浪飞溅，有那么一个瞬间，打着手机电筒和黑夜搏斗的龙学松走了神。他听到冲锋号了，他看到泸定桥了，他看到铁索桥上的步履，每一步都沉着坚毅。

甘思情和王江的快艇上拉了六个伤员、三个村民。赶到得妥，把伤员抬到岸上已近23时。吃过方便面，龙学松对下一步的行动做了安排：王洪平和甘思情以得妥为根据地迂回突击，自己返回大岗山码头，和上午赶到的龙海洋一起，把电站的垃圾打捞船开动起来。

"我呢？不要我了？！"

"你回家！你不担心家里，家里担心你！"

王江的话是湍急的河流，龙学松的回复，是高耸的堤坝。

疲惫中有激昂，压抑中有桀骜。6日晚，得妥码头几百米外的安置点上，一顶写着"救灾"字样的帐篷，收藏了这样的几段声音。

龙学松给徒弟毛刚、熊美、张立华分头说了几句。明天一早赶过来，意思早就说清楚了。张立华有三个娃，老大考上大学，隔天要去报到，但是他说："救灾是救命，什么事比救命还大？"熊美家里养了二十头牛，这边担心妻子一个人在家吃不消，他却说得云淡风轻："是喂牛，不是背牛。"毛刚的话更直接："我是共产党员、退伍军人，军装脱了，军魂还在！"之前的电话是县交通运输服务中心打的，龙学松把此番啰唆，定义为提前会师。

这天晚上，王江给家里打通了震后第一个电话。母亲告诉儿子，家中平房成了危房，木屋也垮得没法住人，好在家里人都没事，住在武警搭的帐篷里。话锋一转，母亲问王江人在哪儿。刚把这两天的经历说了两句王江就后悔了，读书再少他也知道，儿行千里母担忧。母亲果然声音都变了，要他赶快回家，别在河上冒险。"救灾的武警、消防就不冒险？再说了，没有人保障交通，他们也去不了磨西。"王江扯着嗓子，"喂喂"两声，假装信号不好，兀自掐了电话。

儿子只有一岁半，甘思情想他，又不想把他吵醒。紧着嗓门发语音，他问当家的："娃乖不乖？"

那边音量也低："乖。比你乖。"

"娃说想我没？"

"他说你不想他，他才懒得想你……"

王洪萍是又过了三天才回家洗澡换衣服的，在此之前，她短信也没给家里发一个。一连几天住船上，她早习惯了。什么都不说，家里人就以为她和船在一起。的确在一起，这个事实让她安心。安心变成笑意，爬上了她的嘴角。坐在帐篷门口的塑料凳上，精精瘦瘦的王洪萍，发出了雷鸣般的鼾声……

晨光熹微，沉浸在夜话中的帐篷尚未醒来，从帐篷里走出去的人的脚步，已呼应着大渡河的涛声。河里的船只明显多了，但是大渡河两岸、汇入大河的支流两岸，等候从水上赶路的伤员、村民和救援力量，并不比昨日少。和打装沙船的主意一样，借用垃圾打捞船，完全是形势所逼。龙学松、龙海洋他们开着这艘船，最多一次，拉了一百三十多个消防队员。

大岗山临时码头，仅有的建筑是一间平房。吃的喝的躺的盖的都要自给自足，黄金七十二小时内，他们常常是饿一顿饱半顿。见缝插针，龙学松问徒弟们吃不吃得下这个苦，龙海洋回一句："苦不苦，想想红军两万五。"

年轻人都这样想，他还有什么可说。龙学松知道，在得妥，王洪萍和甘思情，以及回家看了一眼又回到船上的王江，也是天黑归航，连帐篷都找不到了。感触最深的是7日下午，天擦黑时，什月河口上船的一支资阳消防队。他们头天下午冒着余震飞石去道路阻断的跃进村搜救伤员，花了六七个小时，才从高坡陡壁上蹚出一条野路，一路摸爬滚打，把伤员抬到这里。队员们没有吃的也没有喝的，困、累、饥、渴重重挤压，让他们一个个都变了形。船上也没有吃的，好在有几瓶水。龙学松把水给了消防队，队员拧开瓶盖，最先喂的却是伤员……

通往草科的公路已于7日上午抢通，但是通而不畅，仅容极少车辆间断通行。眼下是生命通道，下一步灾后重建，水路仍不可或缺。三天后的一大清早，张琦问正在吸溜面条的龙学松，是否做好了打持久战的思想准备。为这句话腾出通道，龙学松差点呛着："长征路上，从来就没有'撤火药'（方言，孬种之意）。"

赶了水路走陆路，张琦打此路过，是要换乘快艇，去得妥开会。交通洞前的塌方体清理掉了，从洞口到码头，汽车只开了两三分钟。

荫翳多日的天空这天放了晴。太阳还没升起，但是，灿烂的朝霞已浮上天边。

快艇在河面拖曳出长长的波纹，新的忙碌的一天，于是有了前奏。

临时家长

一

太突然了！站立在讲台左侧的木柜如同犯了魔怔，訇然扑向墙壁。瞬息之间，柜门大开，一秒钟前还安躺柜中的画笔、颜料盒、各种教具玩具，花花绿绿滚了一地。

"轰隆，轰隆"，地底发出的轰鸣，接连撞击着耳膜。王丽霞快站不稳了，她怎么也不敢相信，早上才搞过避震演练，中午它就来了！

二十六个刚刚还在耍玩具的萌娃，表情和动作，全然乱了阵脚。课桌上的物件趁着桌椅摇晃推推搡搡往地上跳，物件的小主人们，哭着喊着围向老师。知道地震，却不知道地震如此可怕，老师上午才递过来的避震知识，被魂飞魄散的四龄童五龄童们，统统抛在了脑后。

地面上下起伏，娃们跑得踉跄。最前面的叶婉婷摔倒了，只差一点点，脑袋就磕到桌上。

"钻桌子，钻桌子！"高声喊叫的同时，王丽霞大步上前，揪住叶婉婷的后背，一把塞到课桌下面。

明明二十六个孩子，怎么像是二百六十个。王丽霞手忙脚乱塞娃，塞啊塞，老是塞不完。

晃动由强而弱，哭声却由小变大。赶走潜进孩子心中的恐惧，王丽霞仅有的办法，是用声音填满嗓门，不留缝隙："快跑！抱头跑下楼，到操场！"

她的叫喊，却被早已吓傻的孩子们，自动调成了静音。

也顾不得手轻手重了，王丽霞左右开弓把孩子们从课桌下拉出来，从教室里赶出去，像赶一群鸭，像赶一群鱼。更像是赶一群鱼。人的话，鸭能听进去一些。鱼不能。

实在赶不动的就抓。左手抓了三个，右手抓了四个。也可能是三个。右手到底抓了三个还是四个娃她说不清楚，就连手里拉扯着往楼下跑的都是谁，她也一个都说不上来！她快急糊涂了，唯一明白的是，这些都是家长的心肝宝贝，都是她的娃。

石棉县王岗坪乡第一幼儿园和第一小学共用一个操场。就在幼儿园中班班主任王丽霞和配班老师吴晓琴捉完本班的娃，奔赴同在二楼的小班帮忙时，校长罗雷已带着小学老师毛小江、任俊宇、克珠赶来增援。中班的娃娃还可以牵下楼，小班的娃娃大多只有三岁，六神无主的他们，得抱着搂着，"空运"出去。几位男老师，成了从天而降的"神"。

"争分夺秒"形容不了当时的紧张，除非"分"能细分，"秒"

是毫秒。毛小江的贪心正是因此而生，别的老师都是两腋各夹一个，而他伸手一搂，怀里就是仨娃。

孩子不是玉米秆，老师也不是起重机。体力在小学楼就已严重透支的毛小江脚下一滑，眼看着就要仰面摔倒。语言过渡班老师刘燕刚好跑到这里，撑顶他的后背，她出手的速度比闪电还快。刘燕生得文弱，若非任俊宇在前面死死抓住毛小江的手，定会有一堵墙、三块砖，重重砸落到她的身上。

时间过去了两天，刘燕还在为之感慨：已经倒成了一道坡，毛老师搂抱娃娃的双手，不见一丝松动。

二

点数，报数。

连点三遍都只有二十五，王丽霞腿又软了。

她的心却硬得像穿了铠甲：必须找到孩子，必须！

每层楼有八间教室，每间教室有两个卫生间。王丽霞和吴晓琴把楼上楼下的教室和卫生间都找遍了，差着的那一个，还是差着。

王丽霞脑子里嗡嗡响着，一片空白，直到有人大喊一声："快看，那个是谁？！"

是他，罗志轩！淌着鼻涕，晃晃悠悠走过来的臭小子，就是缺着的那一个。原来，老师忙着去小班救人时，小胆吓破一半的他钻进了小学生的队伍，找哥哥。

一段插曲引出一支心曲。罗雷召集班主任开会："我们的娃娃，九成是彝族或者藏族。他们当中，有本县新民乡的，也有泸定得妥镇的。条条道路都不通，短期内，他们不可能都能回家。五十六个民族五十六朵花，这个时候，我们是护花使者，是临时家长。"

这边会还没散，那边哭声又起。哭得最厉害的是三年级二班张文越。班主任张涛以为他下楼时受了伤，孩子对老师说的却是，"我好担心家里，担心妈妈。"学生的懂事差点击溃了张涛的泪堤，而他只用一句话，就筑牢了两个人眼底的大坝："人没事，心也安稳，家里最想得到的，就是这个消息。"

讲道理这招对幼儿园小朋友却不管用。小班的谢佳宇尿了裤子，高一声低一声哭，怎么也哄不住。宿管阿姨想办法找裤子给他换上，才又摸着脑袋，接着哄他："乖乖，不哭了。乖乖，听话。"

谢佳宇边抹泪边嚷嚷："水，喝水。"

就像是拧开了水龙头，一滴水后面有无数滴水，几十个小朋友一起冲老师嚷嚷："水，喝水。"

刘燕决定去办公室一趟。尽可能短的停留，尽可能快的出来，动身之前，她在心中嘀咕：办公室三桶水，有两桶还未开封，拎水时一定要拈轻弃重；办公桌上，新买的水杯要取出来，水杯旁的碗也要取出来，其他的，包括挎包，都先别管。

喊渴的小朋友排成两个纵队喝水，一队用碗，一队用水杯。人多水少，每个人都只能抿上一口。孩子们满足又遗憾的眼神，放飞了刘燕的想象：等娃们长大一点，读到上甘岭的故事，准会有不一样的感受。

　　喝完水，魏新宇班上的小凯吵着要睡觉。看稚气未脱的小魏老师被一群小鬼支使得晕头转向，一年级数学老师黄秋娇微微笑着，把小凯牵了过去。地作床，书包当枕头，披在身上的衣服是被子，小凯很快睡着了。这孩子进幼儿园前就没了父亲，老师们平时对他都格外关照。听着他均匀的鼾声，黄秋娇被地震搅乱的心绪，竟然安定了许多。

　　地震后不久，陆续有家长来学校接人。到下午五点，二百八十一个小学生剩下一百五十二个，九十个小朋友剩下二十二个。

　　水断了，电也停了，然而，让孩子们吃上晚餐，后勤主管钟敏的决心半点都没有动摇。锅扛出来了，柴火生起来了，蛋炒饭的香味升起来了。这顿饭没有一个菜，没有一勺汤，但是，负责后勤十年整，钟敏从没见孩子们吃得那样香过。

　　上级通知是六点过来的：学校短期内不能上课也不能住人，全体教职工和留校的孩子，去一公里外的大岗山发电公司营地临时安置。

三

　　家与学校的直线距离不足百米。地震12时52分发生，罗雷亲眼看见父母住的两层土坯房垮为一层，大约是一点半。

　　实际上，地震两三分钟后，当全校师生安全转移到操场，情不自禁地抬头一瞥，从弥漫半空的尘土中，他已隐约看见了老屋的样子。

好在家中老小平安无事。姐姐跑来报信，也是希望他拿个主意，下一步怎么办？拿着电话的罗雷看她一眼，转身走了，一句话也没有。

别说一百米，除了找信号打电话，一步他也不敢离开学校。本来也离不开，上下协调、内外沟通，他一分钟也不得闲。

此刻，带领排成长龙的学生向营地转移，他仍目不斜视。

龙尾刚过乡卫生院门口，语言过渡班的罗文轩被父亲拖着追了上来。文轩的母亲在地震中受伤，伤情超出预判，医生简单处理后，建议转送上级医院。不大一会儿前才被亲戚接回去的文轩一时没人照顾，父亲不得不将他"还"给老师。

龙身叠在田湾路，看见母亲迎面走来，张文越张开双臂，带着哭腔，喊了一声妈。母亲没有告诉他奶奶在地震中去世的消息，只含泪说道："妈妈今天事情很多，缓一下再来接你。老师也是把你们当心头肉的，要听他们的话。"

龙头探进营地已是晚上7时，在此之前，几十名公司员工已在为师生的到来紧张忙碌。有人架锅煮饭，有人清扫场地，有人忙着搬来招待所的被褥打地铺。师生人数众多，招待所倾尽所有，铺位仍有欠缺。也不知是谁带的头，毯子、棉被、枕头，职工们纷纷从自己的小窝往外搬。

居然有皮蛋瘦肉粥喝。喝过粥，讲了纪律，就该休息了，罗雷把三十七名教职工分成四个组轮流值守，给孩子掖被角，带孩子上厕所，给过度兴奋或恐慌的孩子做"心理按摩"。

二百多人的大通铺安静了不过十分钟，来了余震。鞋和衣服都没敢脱的孩子们，睡眼惺忪往外跑。

又是五花八门的凌乱，又是五光十色的安抚。好在孩子们已困得不行，脚跟脚回了梦乡。王丽霞也是早就撑不住了，哪知上眼皮刚和下眼皮合一块，又给语言过渡班的骆清敏强行撑开。准确说是被骆清敏一阵尖叫撑开的。本来是哭，因为哭得尖厉，听起来更像是叫。

魏新宇哄她哄得越是用心，骆清敏就哭得越是努力。王丽霞从铺上爬起来，轻手轻脚走过去。幼儿园七个姐妹，三十四岁的她是大姐，其余都是90后，魏新宇和刘燕还是00后。干工作个个都没毛病挑，要论哄娃带孩子，不得不说，这些小年轻，多少"嫩"了点。

"我想妈妈。"孩子半梦半醒中的啜泣让人心疼。

"妈妈明天就来了。"王丽霞轻轻拍打着她的后背。

"要是妈妈明天不来呢？"

"会来的。相信妈妈。"

"妈妈，妈妈。"骆清敏的呓语，一句比一句慢，一声比一声低。

翌日早餐，有蛋有稀饭。打湿王丽霞眼眶的，是孩子们捧着的牛奶。进出王岗坪的公路已全部中断，此时的灾区，别说奶，就是水，也比油要金贵。

牛奶香打底的新的一天徐徐展开了。讲故事、做手工、玩游戏、打球、看书……头天的焦虑和愁闷，从稚嫩的小脸上渐渐退隐，安心和开怀浮上眉梢，像黑板擦去残迹，闪着幽光。

午饭前后，陆续有家长来营地接人。第一天接走二十多个。第二天接走四五十个，张文越是其中之一。到了9月9日，留下的孩子只有十二个，都是小学生。

2022年9月5日，震中磨西的泸定地震，与泸定县背靠背的石棉县受灾严重。县城方向的公路已经抢通，绝大部分孩子也"还"给了家长，时刻牵挂着家中老小的老师们，是时候回去看一看了。然而，比受灾群众安置点的帐篷还要整齐，老师们报名当了志愿者。安置点里有老人有孩子，他们可以照顾老的，也可以照看小的。

难得有一回，教师节和中秋节过成了一道加法。该有的仪式感还是要有，10日上午，临时营地，罗雷和同事们围着一张长条桌，为刚刚过去的这几天，挽了一个小结。

"临时家长，大家当得不长，也当得不错，包括我。"罗雷的开场白，恳切和幽默，六四开。

在芦山

楔子

和一个外地朋友说起芦山，他听成了汶川。也对，芦山是汶川地震重灾县之一，从这个意义上讲，芦山是汶川灾区的一部分。而我想说的是作为主体而非附件、中心而非边缘、主角而非配角的芦山。

揭开伤疤总是很残忍，然而，在又一次被误读为"汶川"之后，我知道有人该站出来，做一点不起眼的事。我相信一定是这样的：如果不加以灌溉，历史的原野将青黄不接；如果不加以夯实，真相的大堤将千疮百孔；如果不加以保护，严整的现场将一片狼藉；如果不加以采录，时间的形象将无所依存。

这也就是我将亲眼所见的芦山故事从故纸堆里刨出一小堆来的原因了。芦山地震五个月后，作为雅安市重建委驻芦山前线工作组成员，我在重建一线度过了不长不短的四个月，搬回来一堆文字落下的砖头瓦片。

滴落、沉潜在砖瓦里的汗渍也许终将蒸发，然而至少，它曾濡湿过现场的一角。

理由

2013年9月5日　星期四　小雨转阴

于我按部就班的生活来说，今天是一个转折点。拐角在昨晚，领导电话通知我今天一早去她办公室，拖一下话就要馊的样子。

果然是个急转弯。市重建委驻芦山前线工作组即将开拔，"九人团"里有我。领导表情严肃得像是在做战前动员："上面'点杀'的，就别讲价钱了。"

"服从安排"，我说。心里想的却是：讲价？跟领导讲价，有讲赢的时候吗！

不是说我不想去芦山。"4·20"当天我就伙同两个朋友无组织有纪律地去了，虽说一天一夜都在路上折腾，但直到天亮还没踏入芦山半步。此后，又几次找机会想去震中，但机缘未至，震后半年间，我与芦山只不过两面之缘。

欠下的债不能不还。就在上周，我对同事吕玉刚说，下一个春节，我在芦山过。不是心血来潮，不是虚张声势，之所以如此"高调"，不过是想借一句诺言，把自己逼上梁山的同时给自己切断退路。灾后芦山的伤与痛、苦与咸、突出重围的艰辛、重建信心的代价，不能成了死账呆账糊涂账。

要知道，"芦山"是"汶川"的一部分，又是一场七级地震的震中。不光如此，芦山还是中国灾后重建政策的分界线：从"举国体制"到"地方负责"，从调集八方力量到强调自力更生。

"实验田"里没有作家，一个也没有——不管是"八路军"，还是"土八路"。这说不过去。无论如何说不过去。

作家远在天涯，芦山近在咫尺。也许不是理由，但对我来说，不再需要别的理由。芦山就要新生，我要"逢生"，我要见证。

但不是现在。现在，我的安身立命之处，是另一个意义上的灾区。

也不是这种方式。去芦山，我有自己规划的路线。

这些我都说了，说给自己。交给领导的却是另一句话：服从安排。

先于"服从安排"脱口而出，瑞典诗人特朗斯特罗默的话犹如一道闪电在心尖划过：我受雇于一个伟大的记忆。

脸红

2013年9月18日　星期三　阴

新安铺的重建，很难说得清从何处发轫。全堡子五六十户人像辐辏额头的皱纹，一个哈欠，让沟沟壑壑都活泛起来。

飞仙关镇朝阳村2组，当地人称新安铺，出芦山县城沿S210线南行不远，顺左侧一条岔道爬行两三百米便是。

不远处传来"轰"的一声巨响。抬头看，一辆货车正往路边卸载碎石。

45岁的梁秀琼围着汽车跑前跑后。梁家新房基脚早已挖好，有一米多深。那是她和老公十多天起得比鸡早、睡得比狗迟的功劳。房子修两层，楼上楼下加起来一百五六十平方米。人手少，钱紧张，梁秀琼说，两脚像陷在沿泽地，每往前一步都要使出吃奶的劲。

与梁家新房工地一路之隔的王路生也在为并不理想的建房进度发愁。地震后，建材价格差不多翻了一番，工匠一日比一日难请。他家房基9月2日开挖，半个月过去了，砖才砌了不过七八十厘米高。

王路生最操心的是钱。说到"钱"字，他几乎是咬牙切齿，仿佛与这家伙有着不共戴天之仇。虽说他是泥水匠，地震前常带着手艺外出挣钱，可家里两个老人体弱多病，还有两个娃在读书，家底因此和他现在的心里一样虚空。

这是天灾，王路生知道。正因如此，过渡安置期间每人每天能领10元钱1斤粮，他认为"够意思了"。话题至此，他犹豫一下，红脸说道："就是重建资金少了些。聚居点配套设施摊到每户估计不下二三十万，但自建每户补助只有大约十分之一。"

我问他为啥不进聚居点，他说进去后就不能喂猪喂鸡了，吃点瓜果蔬菜也不如独门独院便利。末了，他反问我，"要是大家都选择进新村，上边又出不出得起那么多钱？"

见我们说得热闹，李宗云一瘸一拐从不远处自家工地走了过来。他是王路生的姐夫，地震后上屋顶排危时不慎跌落下来，腿和生活一起瘸了。家里修房，干不了重活，他就操作搅拌机，得空时给工匠斟茶倒水。家里雇了三个泥工，老伴和两个儿子负责打杂。他的身后，新家构造柱钢筋密实，像他下巴上随步伐抖动的胡子。

李宗云仍是"哭穷"。我纳闷,"既如此,干吗用那么多钢筋,一看就'超标'了呀!"李宗云并不正面解释,却抛给我一道选择题:"钱和命选一个,你要哪个?"

节中"结"

2013年9月20日　星期五　中雨转小雨

向芦山进发,一个人。

原来的目标是大川。地震中,大川镇唯一遇难的容彩蓉老人,儿子儿媳在外打工,平日里,她是九岁孙女头顶那片天。一直想去看看天塌之后的小女孩,无休无止的雨,山路十八弯,加上不逮的车技和视力,让我不得已把一百千米外的目标挪到三十千米近处的凤凰村。

今天本来可以休息,可我不想待在城中,不想让自己在月饼中沦陷。如果那天震动再猛烈一些,或者时间再长一点,我与震中的人们便有着相同的命运。

举目四望,偌大一个工地,不见半个人影。我并不感到意外,毕竟是中秋节、下雨天。

倒是李江一家让人讶异。

汶川地震后,李家举债重建,新房一楼一底。小伙子头脑灵光人勤快,三年前,仗着S210线从家门口经过,"李师汽修"占下一座山头。生意说不上太好,但也马马虎虎。他掰指头算过,到年底欠债大致可以抹平。人算不如天算,又一次地震,让他的算盘珠子掉了一地。

新房修得牢实，皮毛也没伤着，可新村画下的红线像一根长杆，赶鸭子般把他家吃（方言，赶的意思）了进去。

"搬一次家穷三年，搁平时，没准我是'最牛钉子户'。"话虽这么说，李家拆迁协议签得并不费力——"毕竟不是平时！"

三天前，村上组织人手帮忙抬走了大件东西，但修理铺"针头线脑"不少，到今天仍在打扫战场。

李江家住天全永兴的大姐李萍、本镇三友村的二姐李芬和雨城区姚桥镇的三姐李芳家中也都受了灾，要么正维修加固，要么正准备启动重建。这几天她们都把手中事搁一边过来帮忙。大姐说，"皇帝爱长子，下一句你晓得。""晓得"二字，被她调皮的目光贴在弯腰忙活的老妈脸上。

我来到李江家紧挨公路的院子时，他和妻弟正合力往面包车上搬电焊机。小伙子穿一件军绿色雨披，人不高，手脚粗壮。

"离交房还有几天。今天过节，还下雨，干吗这样心急？"

"占着茅坑不拉屎，不好。"

"小区里不可能开修理铺。以后咋办？"

"以后的事以后再说。"

和李江对话时，眼前这张三十岁的脸出奇的平静，没有节日里四处飞扬的喜色，也没有家园弃毁时的痛惜。我不知道我看到的是纠结、无奈还是什么，但我知道，那是一种让人难以轻松的表情。

这时，李江父亲从候在路边的汽车那边走了过来。老爷子须发斑白，挂在发梢的雨珠被米黄色雨衣映照成一万个白炽灯泡。

我问老人，知不知道今天过节。老人说，地震以后，天天心里都有"结"。

打了招呼，我走出院子。回头去看，李江仍有条不紊地兀自忙碌，仿佛从身边呼啸而过的，不过是一个平凡年月里的寻常光景。

起步

2013年9月27日　星期五　阴

听说李霞的名字是在一周前。那天，工作组成员唐进从思延回来，说到李霞："一个留守女人守着的不是一个残破的家，而是决不低头的姿态和把困难踩在地上还要踏上几脚的勇气，这女人不容易，不简单，不一般。"一个女人给另一个女人的溢美之词想来发乎内心，不然她就不会随手记下李霞电话。

今天办完事，顺道去了思延乡周村4组。

村委会前，一群人叽叽喳喳扯着闲条。不待凑近就知道，他们嘴里吞吐的不是钢筋水泥就是青瓦红砖。

重建政策和这群人彼此一样，已经熟得不能再熟，年轻一点儿的甚至能把不同类型家庭的建房补助标准随口说出。

他们的不易废墟一样扒开。一个中年妇女说，汶川地震后好不容易新建的房子，这次地震又像摔破罐子似的把新家打翻在地。在她身后，十米开外，是一座砖头瓦砾堆成的小山。

有人告诉我，女人其实早就在张罗重建。"会场"旁的公路边，或严整或零乱地码着几个砖垛，其中一垛是她的雄心。

正聊着，李霞来了。李霞四十岁上下，皮肤黑里透红，眼睛大而有神。表弟家房屋加固，她在那里帮忙。

新家离村委会只有几步路。9月20日破土动工，眼下，工程刻度表停在了地圈梁上。

面积不大的新居构造柱有十二根。我弯腰去扳屋基处砌好的砖，砖像生了根，纹丝不动。

"一个人建一座房，对自己太狠了吧？计划啥时候建好，钱凑够了没？自家工地撂在一边，为啥倒先去了别家帮忙？"

李霞先不作答，而是带我去看她眼下的栖身之处。

地震后，除了茅房和猪圈，老房子一间也没留下。粮食和用得着的家具全都寄放在亲戚那里。也没再养猪，因为养了猪人就没了住处。猪圈南墙只有齐腰高，将就老屋门板和废旧材料，东拉西扯，东拼西凑，补丁连补丁地往上拉扯了一两米。遮身蔽体是不成问题了，南墙离屋顶还是差着不小一段距离。

两口子和十岁儿子就这样搬了进去。晚上人睡觉，躺在猪曾经趴过的地方。比这让她难受的是女儿。她在成都念书，中秋节前几天打来电话，"你们老是不让我回家，莫非我还没嫁出门就成了泼出去的水？"可是，姑娘已经十九岁，把她也赶进猪圈像啥样子？

日子没法再过。一个多月前，丈夫去了广州，让她留在家中。两口子下定决心，哪怕只修一层，也要让娃在新家里吃上团年饭。

动工头一天，李霞做好晚饭，看着儿子吃，自己却没有动一下筷子。她知道自己是累坏了。后来的很多天她都有快要被忙乱吞噬的感觉，可散掉的骨架总是被第二天的曙光焊接得严丝合缝。李霞说，一个人真正铁了心，一万度的高温也不能熔化。

知道李霞家请不起施工队，沾亲带故的都从时间缝隙里挤过来帮忙，李霞挂在账上的每人每天几十块工钱，谁也没有当真。家家都念着重建的经，他们多是过来干一两天，回家忙两三天，见李霞这边实在撑不下去了，再返身打个突击。亲戚朋友的好李霞账一样记在心上。趁着地圈梁保养，李霞也去帮帮他们。"这些都是天大的人情啊"，李霞说，"人情账一辈子也还不清。"

冰与火

2013年9月30日　星期一　多云

二十天来，往返县城与龙门一线不下十个来回。公路两旁，所见最多的，依然是废墟，是危楼，是受灾群众临时过渡的简陋棚屋。即使这样，心情仍像开化的河流开始涌动，因为在曾经的废墟上，或者依然袒露着伤痕的危楼旁，正有一丛丛的钢筋朝天而立，一架架的砖墙扶摇直上，一层层的新房拔地而起。

太阳在云缝间跳了一下又躲藏起来。阳光断流的时候，我刚好来到青龙场村河心组。

去河心要穿过龙门老街。老街还在，街市的喧哗，却已在地震中洗劫一空。站立的废墟，这个说法不知是谁针对什么样的景状发明的，用在这里却是再恰当不过。这些两三层、三四层的砖房，彻底倒下的不多，却无一例外受损。很多房屋被震裂了脏腑折断了筋骨，站也站得勉强，立也立得艰难，就像一群饱饮枪弹的士兵，肩靠肩，背靠背，用最后的力气相互支撑。引车卖浆者不知去向，却仍有一群胆大的太婆，用一桌麻将接引往日生活。

街的尽头仍是废墟，只是"立体"的定语不再适用。目力所及之处皆是地震印记——一处处灰暗废墟，一幢幢残破危楼，一顶顶简易窝棚。

这里便是河心。此地出产的紫皮花生身价是其他花生家族的三倍还高，早年间，河心出名，一多半沾了花生的光。可惜地少，满打满算，一户人地里只能长出万把块钱。房子修得潦草，地震一来，稀里哗啦就倒了一片。后来组织排危，稀里哗啦又倒下一片。河心于是只剩下废墟。倒下的废墟，站立的废墟。

李九东家蓝色板房像是沙漠里的一株胡杨。虽然知道躲不了阴凉，很久以来的很多天里，村民们还是喜欢聚在树边，你一言我一语，枝条一样编织他们的过去、将来，还有现在。

"听说到处都动起来了，就我们青龙场还在蒙头睡觉。"

"就算太阳晒在屁股上，河心只怕还是翻不了身。"

"是啊，建渣没排出去，路也不通，不然我也打算动手了。"

"难怪人家说你假积极！我家房子当初本来可以不拆，因为他们一句话，才弄成今天这个样子。"

"就是就是。错了风吹过，世上没这本书卖！"

……

河心归来，"胡杨"投下的阴影一直没有散开——这个冬天，河心会不会结冰？

580，9484

2013年10月15日　星期二　阴

知道"520"啥意思，就知道"580"是"我帮你"。那么，"9484"呢？

卖个关子，先说"580"。除了"我帮你"，三个数字分别代表工钱打五折、八折和零折。

主导者申太友，中共内江市市中区区委组织部驰援灾区的二十名市州组工干部之一。他先在太平镇救灾，7月份转战飞仙关，联系凤凰村。在重建一线待久了，他发现，资金和人手是村民最难过的两道坎。

没有通天云梯，但他搭起"580生产互助合作社"这个跳板。

见到周维康时，他正带着徒弟忙得不可开交。

占地一百多平方米的房子已修到二楼。我替老周高兴："看样子，搬进新家过新年问题不大。"老周抬头笑道，"明年春节吧！"

这才知道老周修的房子不是自个的。他的老婆孩子，至今住在窝棚。

房主王国强去年诸事不顺，肛漏和胆结石还拉他去医院做了三次手术。重建要钱，不重建要命。六十多岁的老爸和八十多岁的爷爷卧病在床，窝棚里咳一声，王国强心脏要抖三下。

前有恶狼挡道，后有猛虎相迫。就是这时，合作社副社长周维康踩着跳板来到王家。地震后工匠日工资普遍涨到三百元，周维康在八折基础上再打八折，比别人低出四成。

老周还干过更"傻"的事。为村里五保户修轻钢房，他二话不说赶了去。问他工钱怎么算，老周反问一句："不是说五保户吗？！"

同样是抱团取暖，三友村陆坪组组长杨洪平给他们的合作社取了个更接地气的名字：帮工队。

廖志平这会儿正为一个队友家就要现浇的楼板支模。待手上活路结束，楼板现浇交给下游队员，他将和队友转战自家工地。

7月初，在"壹基金"援助下，县上发起"农房重建千名建筑工匠培训行动"。木工、泥工、钢筋工，通过培训，陆坪组壮劳力差不多都成了"熟练工"。

多个铃铛多声响。新朋旧友组织起来，舅子老表联合起来，远亲近邻武装起来，几户人组建一个帮工队，流水线作业，一条龙推进，既无"孤军"之困，又无"窝工"之虞。

更重要的是大家都不用掏工钱，一户人省出好几万。杨洪平说，这种省心又省钱的合作方式就是巴适。

"就是巴适"，正是"9484"的谐音。于是有了日记题目，有了"580"之后这串数字。

当家三年狗都嫌

2013年10月18日 星期五 小雨转阴

五星村真该痛痛快快哭上一场。除了青龙场，我所见过的最为深重的灾难现场就在眼前。目力所及，倒下的房屋不多；往细里看，许多房屋龇牙咧嘴，死不瞑目似的。这些内伤深重的勇士，颓然倒下，化为齑粉，只是时间问题。

村道窄且泥泞。向一位村民问路，他指完说完，等不及我道谢，骑车先走了。到了下一个路口，发现他淋雨等在那里。拿手抹一把额前的水珠，他笑着说："岔路口，怕你走错路。"

村支书袁康华忙得不亦乐乎。最先被他"赶"出村委会的，是程家坝组组长程永林。重建数据摇来晃去没个定准，袁康华给他下了最后通牒："要是三天后还变，小心我给你三十码水晶鞋穿！"

事情像涌泉，就没有清空的时候。震后饮水成了问题，联系五星村的市检察院打算新建一个水厂，水源和厂址都还没敲定；几户重建户没有地基，"赖着"要他给个落脚的地儿；工业园区农房拆迁仍是一团坚冰，上边领导却已望穿秋水……

最令他头疼的是园区规划调整引发的矛盾。地震前，城北工业园区就选址五星，并已完成七百亩征地。借重建东风，县上决意将园区上档升级，按六平方千米规划建设。哪知征地的皮尺刚刚收起，上边精神又变了：摸着石头过河，园区先期按三千亩规划。

规划区内是补偿，规划区外是补助，同样是个"拆"字，写法大不一样。老革命遇到新问题，焦灼感顺着笔管涌上心头。

下午，袁康华开了一个院坝会。话刚出口，就被一个六七十岁的老爷子细木棍般折成两截："说不征就不征了，你们这是屙尿变！"

大爷喷出的烟雾里闪着火星。袁康华赔笑解释："人是活的，政策也是活的……"

木棍又一次被"咔嚓"折断："谁要能吐泡口水再舔回去，我认他是七十二变的齐天大圣！"

人群里，有哈哈大笑的，有连声起哄的，有交头接耳的。

当家三年狗都嫌。袁支书脸上红一阵白一阵。

这时候，一个穿黄胶鞋的中年男子冷不丁站到袁康华身边，伸左脚往地上重重一跺，冲闹哄哄的人群大声说，"不当家不知柴米贵！"待嘈杂的声音稍小一些，他接着说道，"搞园区就像做衣裳，做大了不光浪费，还不合身。打个比方说，一尺二的腰放三尺长的布，穿上身会是啥样子？"

院子里又一次开了锅。和先前的一边倒不同，听得出来，不少声音调整重心，倾向了胶鞋男这边。

双石双面

2013年11月5日　星期二　阴

一眼就看得出来，双河村周家山组胥庆蓉是个爱干净的女人。

家里地面整洁，饭桌一尘不染，床上被子码得整整齐齐，挂在洗脸架上的毛巾比我的衣领还要白净。

和其他三十户村邻一样，胥庆蓉一家五口原本住在周家山的半山腰上，地震把山体摇松了，不得不搭木屋过渡。

虽然并未入冬，寒流已先到一步。胥庆蓉心态不错："有铺盖壮胆，不怕。"定眼看，床上码着高高的被垛，四壁也用纸板和塑料膜封得严实。

同样是木房，和赵建波家相比，胥家真可谓"小屋"见"大屋"。楼下一溜数过去，九间；上楼一数，又是九间。比新房更大的是母子俩的"野心"——盖房花掉的钱，要通过开农家乐找补回来。

换在别处，赵家未必敢攀旅游这根高枝。偏偏这是在号称"天下第一大漏斗"的围塔村。

想找主人聊聊，邻居刘世美告诉我，他们申请到六万多元贴息贷款，到镇上办手续去了。她不惊不乍对我说：我家也在重建，比赵家宽不到哪儿去。

好"低调"的口气！

从双河到围塔要翻过一座山，山名雷光。山顶住着七十多岁的王家才。作为特困户，他可以免费入住政府出资修建的轻钢房。房子原址修建，年底交钥匙。见包工头当着我们晒起"包票"，守在半山腰工地上的王家才笑得合不拢嘴。

眼下，双石镇的重建局面同雷光山好有一比。胥庆蓉的从容、刘世美的"低调"、王家才的笑脸是阳山，阳山背后，峭拔、阴鸷、冷雨纷飞、乱云飞渡。

震后双石有地质灾害点一百零九处，因灾倒塌或严重受损的房屋一千一百五十四户。在山区，找块平地比讨媳妇儿难。镇上动过五家企业的主意，方针是以人为本，策略是腾笼换鸟。可企业算盘打得比谁都精，说到调地，好比要挖老板祖坟。一夫当关万夫莫开，到如今，八个新村聚居点，个个都是图上的摆设。

这还只是冰山一角。部分干部有厌战心理和畏难情绪，一些重建户心理预期与重建政策之间的落差难以消弭，工价高、工匠难请，建材犹如家雀变凤凰——越来越俏……一系列问题摆在面前，恰如老熊当道、百兽畏伏。

自今日始，工作组到芦山九个乡镇逐一调研，解剖麻雀。打通"任督二脉"，有动能有潜能，拖不得等不起，这是双石呈显的样本意义。

药

2013年11月22日　星期五　阴

三十多年前，杨开琼的老公就不在人世了。女儿早年出嫁，三儿子做了上门女婿。几十年来，她的住处在老大老二间风水轮流转。

老大的房子断断续续修了十多年。今年春节前，房子贴上地砖，映出一屋喜气。可惜好景不长，装修过的日子被地震摇得支离破碎。

老二的房子垮得同样彻底。

老人仍住老大家。家还在原处，不过地基抬高了两三米。那是两层楼房垮成的"压缩饼干"。

清运建渣的汽车开到废墟前，印有"民政救灾"字样的蓝色帐篷不得不往边上让。"家"重不过十斤，一个手指头就能勾走。住进窗明几净的楼房，不知啥时候去了。

杨开琼用她抚摸过七十四年光阴的手刨出一块块沾满尘屑的老砖。排列严整的砖垛有如一道布景，而她说出的话，在我听来，是一部纪录片的同期声："趁挖掘机撬松了，抓紧时间刨。等装车拉走，有力气也使不出去。"

隔着七八米远，离蓝色帐篷近一些的地方，大儿媳骆炳利手上重复着老人的动作。她告诉我，老大在外面，家里靠婆媳俩硬撑。为啥在外面，在外面干啥，她没说。没说等于说了。

婆媳俩边刨砖边说话。

"这两天腰杆都像不是我的了。"是婆婆的声音。

"喊你歇会儿你都不听，要是累出个长短来，老大回来我咋跟他交代。"是儿媳妇在抱怨。

"这把老骨头我清楚。"婆婆话音里，听得到好强和虚弱打架。

儿媳于是不再说话。又拿锄头在废墟中掏了一阵，她慢慢直起腰，喃喃说道："这日子，要过到啥时候去？"

问号生根处是一声结实的叹息。骆炳利没想让别人听见，也不指望别人应答。这声叹息，算是顾影自怜。

没想婆婆把话接了过去："既然路都通了，地基也快有了吧。"

一百九十四户人家一百三十六户倒房。全县农房重建开工率已逾六成，甘溪头却还是白纸一张。

几十年来建房不讲章法，见缝插针的建筑把路挤成像一条蚯蚓。地震一来，"蚯蚓"被轧成九截，建渣排不出去，建材拉不进来。房子怎么建，廖岚头都大了。

县政府办公室是甘溪头"网格化"帮扶单位，领导派廖岚打头阵。

挖掘机、推土机和货运汽车11月16日开到甘溪头，杨开琼因此挪窝，也因此有了她试图治好儿媳心病的那一服药。

廖岚表情并不轻松。削峰填谷调地基，几家欢喜几家愁，会开了四次，捏着地的手指头并没怎么松动。

药方在哪里？她望向一地废墟。

呐喊

2013年11月24日　　星期日　　阴转晴

车过垭口，一个巨无霸天然大漏斗撞入眼帘。也是那一刻，太阳冲出云层，洒下千针万线。

汽车下到漏斗底部的围塔村河心头组，四周却不见一个人影。正纳闷呢，忽有震天呐喊，震得耳膜嗡嗡作响——

"来了！来了！……"

喊声杂沓，前后、高低、快慢都不一样。这喊声，从不远处一片水杉林中传出。

过一座石桥，转个弯，又过一座石桥，来到一处被林海包围的空地。眼前是震撼人心的一幕，两三百个人一遍遍竭力高喊："来了！来了！"

此情此景，分明就是一个盛大的仪式，你能感受到那份庄严，那份热烈，那份人心所向的激情、拆骨为刀的豪气。

"今天陈德安家拉排列，全生产队的人都来了。年轻人多数在外面打工，所以只有麻子打呵欠——全体总动员。"同我说话的是一个年近六旬的妇女，她指着右前方戴灰色帽子的老者说，"老爷子王明禄，今年七十四岁，还不是今天来帮忙的人里边儿最年长的。"

她的目光在人群里穿梭，想找到某个八十岁的老者。可工地上摩肩接踵两三百人，找一个人有如大海捞针。

这个过程里，我的眼睛为大妈的话做了证明。现场几乎全是"3899部队"，也有青壮年，却不过二三十个，都爬到了高高的房架上。他们本是四处觅食的一群鸟，只是今天，栖落在了家乡的屋檐下。

大妈告诉我，等小伙子们完成卯榫的咬合，又要拉起另一组排架。"来了！"就是那时候喊的，统一节奏，兼有加油之意。

和我说话时，大妈手中捆系房架的麻绳一直绷得紧而又紧。她说："手心里拽着命呢！"

走出林子，走过石桥，震天的呐喊又在耳畔粗野地响起。

大"权"在握

2013年12月12日 星期四 晴

清仁乡同盟村同龙门乡隆兴村只隔着一条小河。同盟村三百三十六户有一百九十一户在地震中倒了房，身为村委会主任，当时怎么个忙累，卫志龙不愿多讲，只轻描淡写说，也就是少睡了几个囫囵觉而已。

全村六个组，每个组都有一口饮水池。池子被地震摇"醒"，漏水漏到底朝天。刚把水池修好，住房重建就铺开了。

清华组因地质灾害没法继续住人。几经周折，他在仁加村找到一块"飞地"。正跑得脚大，十六户人找不到宅基地的问题又冒了出来。一番"胡搅蛮缠"，卫志龙"逼"着县重建办在"新村花名册"上添上了"同盟"二字。

为新村征地十六点七亩，耗掉几大缸子口水。正想喘口气，特困房修建、过渡房提升又咕噜咕噜冒了出来。

特困房建设现场，我们与卫志龙不期而遇。这是"特"字号工程，他见面就说，县上要求12月20日前完成，催命一样，只有掰着指头赶工期。

抬头看，房子已经封顶，只剩下抹灰和安装琉璃瓦两道工序。时间是紧了点，打紧开支，应该勉强够花。

德阳市罗江县3名援建干部驻扎一线，乡上还派出3名干部轮番值守。卫志龙说，"同盟工作没掉队，得感谢上边派来好些个人。"

听他这么说，乡上下派的罗文康"回敬"道："我们都归你管，你是平地起水连升三级。"

"规则"如此。外来干部不问出身不论级别，都是"配角"。重建工作中，大"权"在握的，是当地干部。

卫志龙嘴贫，同罗文康打趣："你不也提拔了吗，以前跟猪搭腔，现在跟人说话。"

这才知道，罗文康以前是乡畜牧站站长。

说话间已到饭点，卫志龙邀我们去他家"将就"一下。我们打仁加村走一个多小时山路过来，本想婉谢的，话到嘴边，被咕咕乱叫的肚子伸手拉住。

路上，听罗文康讲，地震后卫家成了接待站，两头猪的肉老早就被"扫荡"一空，眼下靠亲家接济。罗文康差不多天天在卫家"蹭饭"，提出交两个伙食费，卫志龙"骂"他"门缝里看人"。

"压寨夫人"可就惨了。除了开火做饭，村上的事也免不了常常骚扰她。这些李银秀都没计较，让她憋屈的是，家里今年白白损失好几万元。

以前两口子在家建大棚种蘑菇。龙门逢场，卫志龙骑摩托，后座上的李银秀背背篼，往往车没骑到隆兴，背上的蘑菇就都变成了钱。地震后，卫志龙车后座上坐着一整个同盟村，再没了李银秀位置。

饭好了，盐煎肉、土豆片各是两盘。汤也一式两份，鸡蛋煮菠菜。女主人最后一个从厨房出来，刨口饭说："有好客没好菜，别讨气怄哈。"

卫志龙还在嘴贫："艰苦朴素是我党光荣传统，我们都是很'传统'的人。"

雪中行

2013年12月26日　星期四　小雪转多云

去大川。

车到龙门乡王家村时，天空下起雪来。雪花开了一小会儿就谢了，一直到太平镇钟灵新村，伸直脖子，再没见这白色精灵。又走了十千米，仍属钟灵地界，却是一派北国风光。

五座坟，好另类的地名。也是在这个地方，广阔的寂静里终于有了一点动静。一个五十来岁的男人拿耙子把堆在屋顶的积雪往下赶，风裹挟着雪把头发和眉毛吹成白色。

男人叫杨全良，家里一共七口人。地震那天，大人起得早。三个孙子，大的七岁，中间一个两岁，最小一个才一个多月，是他和邻居冒死从屋里抢出来的。勤快救了一家人的命。

新家早就在建，不过十多天前，工地被天冻住了。地震以来最大的考验自那时开始。今天是今冬第四次降雪，屋顶的雪不清扫，房子只怕早被压趴下了。

眼下住的其实已不能叫房子。那是胡乱搭起来的两间木屋，放了床堆了粮食后，下脚都难。衣服没地方放，就在房檐下拉一根绳子，露天挂着。

衣服不怕冷，人怕，尤其老人孩子。风裹着雪叫，钻进杨全良耳朵，就成了骨头在吱嘎作响。屋顶彩条布蒙了三层，即便这样，他仍然害怕天黑下来——钻进被窝，差不多要冻成冰棍。

他打算添置几床电热毯——能挡住寒气的，估计也只有电热毯了。

杨全良盼着冬去春来。他说，以前从来没有如此在意过季节的更替。

表与里

2014年1月7日　星期二　晴

飞仙关镇三友村沙田坝组杨桂琼家有块一亩多的地，去年9月种了油菜。年底，油菜长到三四十厘米高，风一吹，差不多都能闻到菜油味儿了。正是这时，一车又一车弃土拉进杨家菜地，堆出一米厚，成了千层饼。

离杨家百米开外的沙田坝新村开工三天就停摆了。为啥？弃土没地方堆放，作业面打不开。没有补偿资金，先后协调的几处场地都泡了汤。

"我就不信一泡尿能把人憋死！"话音落处，镇上负责新村建设的干部宋正强指着一片油菜地说，"就往那儿倒！"

宋正强表态之前，先打电话做了请示——表面他是家长，"管火"的是内当家。"领导"就是有气魄："一季油菜换几十户人安身，划得着！"

杨桂琼认理，认准就干。自家房子——芦山地震后重新站立的第一座新居——就是这么来的。

老房子地震当天成了一片废墟。在心里，杨桂琼更多的是庆幸。地震两天前，她带着四个月大的孙子去了成都，而宋正强那天赶早去了县城。

地震两天后，杨桂琼赶回家中。那时宋正强忙得姓啥都不知道了，在家里等着她的只有断壁残垣。在废墟上让拦不住的泪流了个痛快，拿手往脸上一抹，杨桂琼打定主意，第二天就动手建房。

她说，"几十年了，第一次这么独断专行"。

见她一个人扯开了架势，有邻居说："等老宋缓过劲来你也有个帮手。"也有人说："下一步国家肯定有重建补助，你就不怕摸黑起早误了船？"

杨桂琼是这么说的："早建迟建早迟要建，左等右等自己挨冷。"

震后第四天，杨桂琼开始买砖买瓦买木料。第五天，施工队呼啦啦开进工地。

2013年5月17日，杨家耗资五万余元的新家落成入住。修的仍是砖瓦房，外观和原来一样，不同之处是多了地圈梁和构造柱，内里的结实，暗合了主人风骨。

上帝之眼

2014年1月8日　星期三　阴

新安铺一对夫妇，平日里用一辆载货汽车养活母亲和一双儿女。房子在地震中垮了，好在那天没人在家，算是躲过一劫。

老天把命留下来，就是要我们帮衬别人。这么想着，两口子安顿下老人孩子，开着汽车去拉救灾物资。芦山一趟，宝兴一趟，芦山又一趟……汽油加了好几箱，别说运费，连油钱他们也没收过别人一分。有个老板硬塞给他们一把钱，男人急得脸都白了："要以为我们是为钱忙活，看扁人了！"

应急救援结束，生意重新上路。哪料汽车坠下陡坡，日子跌入深涧。

女人被送到医院抢救。人是救过来了，医生说，让她重新站起来，他们无能为力。

好在还有男人。车报废了，一身力气还在。

又是一次意外，男人头部重伤，什么时候能够恢复，没人说得清楚。

今天，我和这家的老人，也和她家一连串的不幸相遇。

曾经坚持给付运费的老板主动包揽了孩子在学校的生活费，乡上一位副书记也经常过问家里的生活。老人不止一次向我讲起，接二连三的打击之后，老天爷仍然在保佑他们。

无边无际的黑暗中，老人心中竟然始终藏着一片光明，这让我感到震撼。

老人带我去看她现在的家。一个窝棚，就着逼狭地势搭设在省道旁边，棚屋一角用铁丝固定在一棵直径尺余的桉树上。旁边小卖部的大姐告诉我，头天晚上，一辆汽车撞到树上，"砰"的一声，比雷还响。

"要是没有这棵树，要是树没有那么粗壮……"大姐说不下去了。

汽车把桉树啃掉碗口大一块皮，新鲜的伤痕，像一只慈祥的眼睛。我愿意相信，那是上帝之眼，每时每刻，他都在注视人间的苦难。

"白干"

2014年1月9日　星期四　晴

故事从地震那天讲起。

按计划，李小刚这天要往成都一家超市发去两万个鸡蛋。超市老板担心"扯拐"，这几天电话就没断过。头天晚上，李小刚住在养鸡场，临睡前他给对方打电话："按时到货，除非天塌下来。"

谁知道天真的会塌！

交货地点改在乡政府。李小刚说："这两万个鸡蛋送给解放军和受灾的老乡，我回来迟了，就当这是检讨书……"

他不回家倒要好些。这是老婆周永霞的原话。他从乡政府回去时一家老小正收拾抖落在院子里的断砖碎瓦，他不动手帮忙不说，张口就是一句话："既然房子没垮，管他干啥！"

李小刚冒着余震进到屋里，尽拣能吃的东西往外搬。在家门口一块菜地上，他组织一家老小煮起大锅饭。

大锅饭一煮五天。这些天里，养鸡场两三千只鸡，全部把蛋下进了李小刚支起的锅中。震后第五天，李家粮仓见了底。好在这时，援救加自救，村民们解除了衣食之忧。

李小刚这才陪着周永霞回了一趟娘家——龙门乡甘溪头。从思延乡到县城，再从县城到甘溪头，满城满路都是前来救灾的解放军和志愿者。体育馆前，志愿者啃的是干馒头；而在甘溪头，几名战士的午餐，竟是生水泡面。他和老婆当即架锅起灶，免费供应"营养餐"。

县医院外的红绿灯前是周永霞的"摊拉"；甘溪头的"炊事班长"是周永霞的母亲高世芬。李小刚回大房子开起社员会："解放军和志愿者千里迢迢来帮我们，现在他们没菜吃，我们不能装瞎子没看到。"

接连10天，除了安顿受灾群众，李小刚的时间都用来给解放军送菜。一开始，部队要么拒收，要么非得付钱，李小刚争着争着来了气："只许你们有情，就不准我们有义？！"

草坪村村委会主任王文斌算过一笔账，震后救灾，李小刚直接贡献不下十三四万。按他每年一千八百元"工资"计，这个组长，他要"白干"七十五年。

胡沟纪事

2014年1月13日　星期一　晴

胡月祥叫我吃早饭时差五分钟12点。我说，大中午的吃早饭，你这龙门阵摆得也太玄了。

胡月祥正色道："现在忙得屎尿都在小跑，哪有工夫开玩笑。"他的手上，一桶方便面腾腾冒着热气。

也是，我和他刚刚认识，即使有闲工夫，开玩笑的底子也不瓷实。正好走热了，我在一个砖垛上坐下来，看他葫芦里究竟卖的是什么药——12点，吃早饭，方便面，哪跟哪啊！

蛇年冬月初八，胡月祥一锄头挖下去就算破土。一个多月时间，换作在别家，房子得有一层高了。再看胡家，刚刚到了"正负零"。这还是左邻右舍抽空帮忙的结果。大儿子安家眉山，老婆和小儿子地震后分头去了成都两个工地。里里外外，胡月祥成了道道地地"一把手"。

现浇地基那天，远亲近邻来了十多个。不过多数时候，陪同胡月祥的只有他长长短短的影子。支模、制钢筋、回填地基，都是他一手一脚完成。既然早饭尚可忽略，方便面当了午餐又有什么不可以？

胡月祥家隔壁，一栋两层小楼已经封顶。窗玻璃还没有安，红白相间的窗帘却先挂了起来。

何止窗户，就连大门也是一张布帘。

建筑工地上，十八般武艺胡文样样精通。凭本事也凭热情，农房重建技术指导员一职，他干得专业又敬业。这就是搬进新家一个多月后，从大门到窗户至今因陋就简的原因了。黎明村胡沟组多数人家自己动手建房，东家不喊西家喊，胡文忙得屁股不沾板凳。苦了老婆王凤兰，一个人带着仨丫头，忙得风车转。

王凤兰并不觉得这有多苦。"最苦的都过来了"，她说。

她至今耿耿于怀的苦日子是，地震后，房子将倾未倾，一家人居无定所。后来，主楼排危拆除，剩下一间十多平方米的偏房五口人挤，过得提心吊胆。

新家主体刚刚完工一家人就搬了进去。房子没有干透，怕落下风湿，王凤兰买来钢炭。只老人孩子房间享受这个待遇，钢炭贵，得省。

除夕里的芦山

2014年1月30日　星期四　多云转阴

搁往年，鸡和鱼不可或缺。鸡鱼，"机遇"嘛，大年三十，不就图个吉利？可是，青龙场村张伙组刘敏在场上出售水产的摊位前踟蹰良久，还是一走了之。

女儿唐瑞姣脸上隐隐透出不快。过新年没新衣，从小到大，这是头一遭。唐瑞姣不是替自己委屈，她心疼三岁的弟弟。

唐家占地一百四十平方米的房子建成不久就遇上地震。房子并未当场垮下，后来排危，被夷为平地。刘敏和老公唐六强地震后不久去了成都打工，一直干到腊月十二。

房子没了，年仍汹涌而来。

唐家彩钢房对面有一个窝棚。窝棚搭在残垣上，看得出来，材料是旧物利用。让这处在灾区随处可见的棚屋"跳"出来的是一对"红双喜"，在又矮又窄的屋面上，有些违和，有些倔强，是寻常墨色里奇崛突兀的一笔。

张扬的喜气隐约还在，窝棚已是人去屋空。

窝棚女主人是唐六强侄女，也是不久前一场婚礼上的主角。婚后第四天，新郎新娘关门上锁去了南方。重建的钱差着一长截，他们要在异乡的土地上为新家找到支撑。

离开青龙场，我来到石刀背沟。

王敏总算闲下来了。多数工地都停工了，托年的福，他和他的汽车可以歇上几天。家却仍是原来的样子。我疑惑也揪心："不是说一有砖就动手建房吗？外地调运加解放军支援，砖早就不成问题了呀！"

"房子建了，不过是我弟的。"王敏答话，脸上波澜不惊。

邻居苟全芬接话道："为了支持妻弟建好新家办婚事，王家人财物都奔那边去了。"

苟全芬老公地震时被埋在了废墟中。她本想接婆婆来家里过年，又怕老人触景生情。不忍老人落单，她一早就把一双儿女打发过去。

苟的弟妹白成珍早计划好了，团年饭，大姑子无论如何要来家里凑个热闹。说起年饭，白成珍感到最有滋味的还是往年，一大家子轮流做东，吃得呼儿嗨哟。今年不同往年，时间和钞票都得省而又省。家里没喂年猪，割了几斤肉，算是对年三十有个交代。

下午六点，我在稀稀拉拉的鞭炮声中回到县城。电影院安置小区公共厨房黑灯瞎火，正欲返身，吱呀一声，一束灯光从一间板房里弹了出来。

男主人杨华成四十出头，和女主人李先芬一样，满脸热情。和他们一起过年的还有二弟杨华茂一家，哥俩都在外地打工，说起来也是大半年没见着面了。久别重逢加上辞旧迎新，团年饭应该吃得热闹丰盛，茶几上却只有五菜一汤。

吃年饭的人比往年少了一半。杨华成告诉我，一大家子原本是十四口人。往年除夕都是大团圆，初一至初三，三兄弟轮流坐庄。如今大家都挤在板房，不得已分成两处。

"年三十拍全家福一直是我家的传统节目，可惜今年人在两处，也没人做这生意。"说这话，杨华成难掩脸上失落。我拿相机在他面前一晃，"我就是来做这生意的。"杨华茂乐了，立马掏出手机，通知石羊安置小区的父母和三弟一家"紧急集合"。

按过快门，来到芦阳镇南街"春晚"现场，约莫八点一刻。这是街坊们每人交二十五元凑成的除夕拼盘，唱过跳过后，还要"小吃小喝"。

一片欢呼声中，主持人念到一个人的名字——地震中，他是一个响当当的好汉。好汉周子耘年方八岁。地震那天，他用两只小手从一片废墟中刨出两岁的妹妹。几天前，我托人找到小英雄母亲的电话，不想竟提前与他不期而遇。

我堵住走下舞台的周子耘，问起新年心愿。

"一座宽大房子，一架遥控飞机。"他的回答，既有孩子气，又有男人味。

田姐家

从宝兴县城抬起头来，目光还没打散，就被一河之隔的雪山收拢。

雪山的美好从名字开始。村庄依山就势呈三排布列，形成两条街，不宽不窄，刚刚好。房屋清一色穿斗结构，典型的川西风，以瓦片、木条、竹片和鹅卵石的形状，在屋顶和外墙上爬行，把从东边斜射过来的阳光扒得这儿一块，那儿一堆。房前栽花，屋后种菜，阡陌交通，鸡犬相闻，置身其间，你会满怀感慨：这哪里是一个村子，分明是写在天地之间的诗行。

田姐家是诗中抢眼的一句。打了引号的"田姐家"是田姐一家的居所，也是一间民宿的名字。还是一个故事，讲了无数遍，不显旧不说，倒像门楣上方的匾额越擦越亮。

这个故事已经成了"田姐家"的一部分。田姐说，来我家的客人，一多半冲关在屋子里头的故事——

雪山离震中只有一拃远。芦山地震后，我们最怕的是被穷字拽进深坑，爬不出去。好在离坑远远的我们就被引开了。

引路的人多，我说说其中两个。先说徐小丛吧，中国扶贫基金会驻雪山村的项目组组长。地震后，基金会从加多宝捐赠的一个亿里拿出一千万元支援雪山搞重建。一起加盟的还有北京绿十字会和AIM。AIM，也就是"国际建筑设计竞赛组委会"，雪山新村民居设计方案，由他们面向全球征集。听起来是不是有点杀鸡用牛刀，或者高射炮打蚊子的感觉？光盖房造屋的话，那当然是小题大做，可人家千里眼看得远，想的是通过"重建+扶贫"，发展乡村民宿，打造美丽乡村。小丛就是一台搅拌机，三下五除二，地方政府和几家机构以及村里的重建户被她揉到一起。

全村只有四十多户重建，却有两百多份设计方案，来自全球一百六十五个城市、七十五个国家。驻村设计的团队有二十多个，其中还有美籍华人。基金会人手不多，小丛九处打锣十处在。也怪，再麻烦扯皮推不动的事，到了她那里都能迎刃而解。

当初我和玉婵闹得水火不容，也是她做了"黏合剂"。

周玉婵在竞赛中胜出，组委会指定她为我家设计。她来那天，我刚看见影子心就凉了半截。人长得单薄不说，鼻梁上架个眼镜，张嘴说话，声音带着奶气。对我们来说，贷款建民宿本来就是赌，身家性命交给一个没毕业的大学生，赌注可下得太大了！

丫头一眼看穿了我的心思。她把之前的业绩不动声色讲给我听，有事没事还到别家工地挽起袖子露两手，无非想证明她有真才实学，不是书呆子。

有志不在年高。看她底气十足，我答应让她试试。

眨眼她就露了破绽。她花几天时间拿出来的第一稿，老公一眼看出问题："别的先不说，尺寸就跟现场对不上！"

尺码不合的还有我们之间的想法。老公和我想把房子修成两栋，以便两个儿子以后成家，可以等半均分。玉婵却坚持"一锅炒"，每层结构和空间大小都不一样。争得多了她说，"要想借房生财就得别开生面，如果只是糊两个火柴盒子，哪用得着她天远地远跑过来？"

我觉得这话说得在理。我们贷一长截款搞重建，还不就想化危为机，借势发展？老公说我被她一句话"洗了脑"，典型的头发长见识短。我和老公平常脸都没红过，这次杠上了，两个人看对方横竖都不顺眼。一连几天我们都在吵架，只是没让玉婵知道。说到底，她还是个娃娃。

玉婵也过得煎熬。二稿三稿、四稿五稿相继出来，我们都还没看见就被她扔进了垃圾桶。那段时间总见她在地基上皱着个眉头走来走去，口中还念念有词，好像图纸藏在地下某个角落，她要用咒语去撵。也有时候，她把纸铺在砖垛上，一画画上大半天。

终于有一天她兴冲冲跑过来，中了大奖似的对我说，"手上这张图，王旭老师竖了大拇指！"

虽然看不懂，我还是接受了这个方案。不是信任她，我信任的是王旭，AIM掌门人。

老公却坚决不同意。他对我说，"按这个方案建房要花上百万元，要是玩砸了，哭也哭不出来！"我说，"玉婵是专家选出来的专家，别狗戴帽子不受人尊敬！"哪料他嘴一撇说，"专家？哪里有乳臭未干的专家！"

跟女人讲道理就是不讲道理。仗着这个，我向老公亮了"底牌"："这艘船我上定了，要是不同意，你走你的阳关道，我过我的独木桥！"

还真把他给唬住了。

图纸面前我是外行，直到现场开挖，才发现地基是高高矮矮三个平面。村里人也觉得稀奇，俏皮话成串串，风凉话起堆堆。一气之下也是一急之下，老公拦住挖掘机："我的地盘我做主，必须把三台地给我挖成一抹平！"

玉婵惹不起他，守着我嘤嘤嗡嗡哭。本来我心里也是一团火，她的泪水一浇，被淋了个灰飞烟灭。当下里想，只有一条路走到黑了，要是跌了跟头，就当是地震又来了一回！

村里人都晓得，我家房子是一边吵一边建起来的。起初是我和老公吵，后来，我和玉婵更是吵得不可开交。

大学毕业前事情多，工程开工不久玉婵就回了学校。工程队图纸看走了眼，地基浇筑后，才发现出了差错。我给玉婵打电话，要她给个补救措施。先是电话不通，后来打通了，她让等她想想办法。工人等得心急上火，没办法，我找到在村里蹲点的美籍华人设计师。哪知人家调整过的图纸她从微信上看了一眼就否了，话还说得斩钉截铁——"不行，绝对不行！"

我差不多肺都气炸了！辛苦求人半天，你说不行就不行？不行也行，你来现场，你说怎样才可以！可她既不来工地又把话说得针插不进，我忍不住冲着电话吼起来："你的设计，简直是闭门造车！"

争到最后，我们都懒得再打对方电话。生活陷进了黑暗，就像地震过后的那些天。这时小丛来到我家，问我知不知道玉婵生病住了院?

我当下里是又羞又悔。为这房子，人家生病不管，感情不顾，而我们除了给脸色看就是给气受！我们一心只想着自己是受灾群众，其实，人家同样受了"灾"，而且是被我们拖累。我下定决心，方向盘交给玉婵，她的想法，对的是对的，不对的也是对的！

女娃娃天生嘴馋，我变着法子给小丛和玉婵做吃食，时间一长，我们成了一家人。她们叫我田姐，管我老公叫姐夫，那个亲热，好像我们之间的缘分从上辈子就已开始。我尽其所能对她们好，因为我知道，有一天她们终将离开雪山。

我和玉婵的分歧并未就此终结。虽说仍然时常争得面红耳赤，但大家多了耐心，也多了包容。我们在建一座房屋，更像是共同哺育一个孩子。

我家房子快建好时，雪山新村已出落得像个大姑娘，旅游合作社也建了起来。也是这时，小丛害了喜。小丛三十出头，却是来宝兴后才谈的恋爱。她说这是雪山带给她的福分。我天天给她炖鸡汤，心里有种就要升级当外婆的欢喜。

小丛2015年9月26日回了北京。临走的头一个晚上，雪山五六十户人家来了代表，就在我家新房底楼，大家为她开了一个欢送会。每人手上都拎了东西来，腊肉、香肠、雪豆、蜂蜜……小丛一样都没带走，她总这样，怕给别人添麻烦。我找物流给她发了去。我在电话里"威胁"她，"把大家的心意拒之门外，以后你还好意思回来？"

现如今，不管领导还是游客，只要来村里，我家都是必须"到此一游"之地。凭着这把钥匙，玉婵也打开了香港中文大学的大门。等她研究生毕业，说不定，又一个设计大师就诞生了。

小丛走时我哭了，玉婵离开我又哭了。我当初就不该对她们那么好，以至感情太深，难舍难分。走了一个又一个，我的心就这样一点一点被掏空。

实在起来的是雪山人家的日子。新村2015年9月开门迎客，当年底，除去合作社分红，我家到手一万多元。钱说不上多，但捏着踏实。如今雪山名气越来越大，民宿生意越来越好。虽说我家还清贷款还有一段路要走，但走过盘山路，再往前，脚下就松活多了……

讲到这里，田姐把围腰一系，给故事打了个逗号。厨房里，灶火噼啪作响，土鸡、竹笋、鹿耳韭、石磨豆花……摆满灶台的食材，等着她去招呼。

"姐夫"李德华带我们参观新居。从一层的堂屋、茶室、餐厅到二楼的主人生活区，再到三楼客房、景观露台，步趋景移，惊喜不离左右，设计师的匠心亦如影随形：开在屋顶的玻璃天窗，让房屋有了自然的呼吸，阳光水一样漫下来，溅起清朗的气味；堂屋里有一个精巧的风水池，池中蜡梅姿容傲岸；高低不同的三处地基在二楼汇成一个平面，空间因此阔大因此活泛，因此繁复之处不失别致；木质楼梯盘旋而上，恰到好处为一棵长满胡子的杉树让路……看着眼前不可思议的一切，看着主人满脸的可乐劲，我禁不住说，"没有金刚钻不揽瓷器活，这话看来说得不假。"田姐夫闻言红了脸，忙不迭说，"昨日之日不可留，这旧账本快别翻了吧！"

谈话间知道，李德华能背唐诗宋词一背篓，学生时代还爱长长短短写上几句。得闲时他会开货车上路，有一天，车轮滚滚，他的心中，有一种情绪也在激烈踊跃。也是憋不住了，他靠边停车，双闪一打，把胸中冲动一股脑儿导进手机："兰居寒舍培育苦，纵横四季谁细读。逸致闲情茶几杯，若离若现花芽出。雪山新貌日日好，还须闻鸡便起舞。"

为天地之间的诗行感染，也为"田姐家"的故事点赞，雪山归来，我在朋友圈做了一条"硬广"："在农村实在待不下去了，吃的住的，和城里都是两码事。还是早点回去的好，一分钟都不能再耽搁。要不然，很可能一辈子都想住在这里。别怪我没提醒过，宝兴县雪山村田姐家，千万别轻易去啊！"

黑砂重光

老朱这个人有点轴。别人津津乐道的好多话题都勾不起他的兴趣，只在谈到他的"黄昏恋"时，沉沉的眼皮才往上一抬。

实际上，初中没毕业他就瞅上她了。别看她皮糙肉厚，爱长痘痘，岁数还不是一般大，追求者却多得像饭堂排起的长队。吃错药般迷上她，完全应了那句话：主要看气质。

后来成了老朱、当时还是小朱的朱庆平以为会和她一条路走到最后，可"七年之痒"像魔咒悬在头顶，走着走着，就要山穷水尽。没想到事情会突然峰回路转，更没想到的是，到如今，他和她好得如胶似漆，天天都似蜜月。就连朱老夫人都开了腔，"这辈子，你和她，铁定是谁也离不开谁。"

别想歪了。她是黑砂，荥经黑砂。

一

话说起来有点儿长。公元前312年，因为秦惠文王异母弟樗里疾战功卓著，惠文王论功行赏，把严道册封给他，治所就在今天的雅安市荥经县古城村。那时荥经黑砂已经红得烫人，盛饭的碗，熬汤的锅，栽花种草的钵钵盆盆，顺着丝绸之路南来北往。

冠一个"黑"字，全因了那张脸。黑砂主要原料是黏土和煤渣，出窑的器物不论雍容富态还是杨柳身材，清一色黑脸包公。黏土本地富有，揭开地皮就是，丰富的矿物质加上独有的透气性，使得荥经黑砂有着不同凡响的妙处：栽花可以枯木回春，煎药有助药性萃取，炖肉更显汤鲜味美……

一个村子都靠黑砂养着。全村一百多户，家家开窑。那是二十世纪八十年代，古城的窑火照亮半个中国。不用说，那时古城人的日子，也是红红火火。

一千三百度的火焰本身就是一首看得见的摇滚，朱庆平像是三魂有两魂被窑火勾了去。出窑的砂器也让他爱不释手，上过釉的器物闪着时间光泽，像远古在与今天对话。光阴在手上发酵，那种感觉妙不可言。当时朱庆平十五六岁，别人得空，不是忙着下河洗澡、偷瓜摸枣，就是惦记着给女同学写小纸条，他的热情却毫无保留地扑了窑上。采料、搅拌、制胚、晾晒、焙烧、上釉，他跟屁虫般缀在老爹身后，学艺出师的渴望比拿下"三好学生"奖状还要旺盛。

相处一久，他却渐渐没了初始时的热情。黑就不说了，粗糙的颗粒，像满脸痘痘让人泄气。小朱乃是凡人，凡人都有爱美之心。于是接着念了几年职高。念书之余，小朱有时也犯琢磨，这个两千多岁的"资深美女",到底还能不能重返青春?

越是心里没底的事越可能往底下边儿掉。走出校门,朱庆平一头扎进窑里。恰恰那时,黑砂开始走下坡路。一晃三十年过去了,景德镇的窑火越烧越旺,宜兴的紫砂大红大紫,而荥经黑砂,就像擂台上苟延残喘的拳手,随时可能被淘汰出局。

这话绝不是危言耸听。一个数字就能说明问题:到2013年初,整个古城村,当年的一两百口窑子所剩不过十口。

自己的窑能撑到哪天老朱心里也没底,虽说那时黑砂已入列国家级"非遗"名录,而他是屈指可数的"非遗"传承人。所谓唇齿相依,他心里的恐慌,比别人的深出一层。

地震来得真不是时候。2013年4月20日,当时朱庆平接了武汉一家酒店的餐具订单,坯子正在晾晒,马上就要进窑焙烧。地震那么一抖,一两千件杯盘碗盏眨眼间成了一摊烂泥。货架上的成品摔到地上粉身碎骨的又有几百件。看到眼前一地鸡毛,他当时的感觉是,碎掉的不光是砂器,还有自己的心。

离约定的交货时间还有十天,必须给人家一个交代。打通电话,对方说,这是天灾,怨不得你,我们晚几天开张也不要紧。

古城村震后第一窑火是老朱点燃的,那时离地震不过一个星期。可心里的火怎么也升不到窑里的温度——市场本就不好,地震还来捣乱,难道这是天意,想要灭了荥窑?

识时务者为俊杰。老朱想好了,赶完这批货,自己得换个活法。

二

那天，老朱正蹲在展厅门口发呆，一个操普通话的老者问："为什么不好好研究黑砂，倒是拿着景德镇的瓷瓶犯傻？"老朱懒得理他，头也不抬说："老婆是别人的好，娃是自家的乖。"老者呵呵笑了："你手上的瓷器分明是景德镇的娃。"老朱嘴犟，"景德镇的大千金，也可以是我家的小媳妇儿。"

几句龙门阵摆下来，老者说："收拾一个房间，我就在你这儿住下了！"

嘿，我又没打着你，凭啥赖着不走？！后来才知道，荥经黑砂文化产业园被列入灾后恢复重建项目，投资一个多亿，占地两百多亩，集黑砂文化博览苑、黑砂文化传习所、黑砂文化体验园于一体。这是冬天里的一把火，用来取暖，也用来照亮。眼前老头，是县上专门从上海请来的"高参"徐柯生。

在陶瓷界，徐先生算得上大名鼎鼎。顾不得汗和灰了，老朱伸出一双手，紧紧抓住救命稻草。

对于传统，徐先生有着和老朱不一样的理解。他说，荥经黑砂有两千多年历史，这是不能丢的底牌。但是必须求变求新，从器形到工艺到颜色再到纹饰，变单一为多元，从不变到万变。一语惊醒梦中人。以前，老朱以为创新是对老祖宗的背叛；现在知道了，丢了老祖宗传下来的衣钵，才是真真正正的不肖子孙。

有徐先生"扎场子",为荥经黑砂找到出路,老朱有了方向,也有了理念和工艺的飞跃。

砂器"痘痘"多是因为泥土颗粒不够精细。对症下药,将黏土反复研磨,又通过细密的网眼反复过滤。"黑痘"不见后,就像电视广告里说的,"看这里,看这里,看这里","美人"出落得光洁如玉。

颜色多元主要靠窑里的温度和材质变化。恰恰在荥经,就地取材占了天时地利。光是黏土就有很多类别,加上县境内矿产丰富,完全有条件把砂器制作成五光十色。老朱在车上放了一把挖锄,走到哪挖到哪,好端端一部轿车硬是给鼓捣成了货车。两年下来,进窑试烧的材料不下一两百种。

砂器修饰可以说是点睛之笔。除了把汉代文化、巴蜀印章等地方文化作为修饰元素,砂器出窑后,老朱他们还进行了一场从无到有、由粗而精的装饰革命。本地盛产竹子,便用竹编给砂器扎一个"腰封"或是打一个"领结"。古朴厚重之外,产品更多出一份自然之味。

器形变化就更多了。以前主要是砂锅砂罐,现在杯、钵、盆、碗、瓶、甑、釜、鼎、罐、瓮、盂、炉应有尽有,面目一新后,身价也跟着水涨船高。

徐先生在老朱家待了两个多月。除了帮着换脑筋,也和老朱联合开展技术攻关。经他牵线搭桥,北京、湖南、成都几所大学也加盟了老朱的创新团队。

挺挺腰杆,老朱说,"'韬光养晦'好多年,是时候'光明正大'说句硬话了：荥经的窑火不会灭，而且会越烧越旺。"

一场灾难让朱庆平与黑砂差点分开的手牵得更加坚定，因此他说："地震是魔鬼，也是天使。"这也许不是一个恰当的比方，但灾后重建为荥经黑砂带来了希望之光，一门濒临咽气的手艺满血复活，却也是不争的事实。

由此，朱庆平信了天意，也信了"爱情"。

三

从老朱的作坊出来，一头扎进"林氏砂器"。林萍同她的作品一样，浑身散发着精致典雅的气质。林萍本是徐先生高足，初来荥经只为襄助恩师。哪知只是在荥窑前多看了一眼，竟被"黑色旋风"刮得神魂颠倒。既来之则安之，林萍入乡随俗，开窑入市，心甘情愿"嫁"给了"黑砂家族"。

现如今的黑砂谱系里，林萍这样的"外来客"一抓一大把。荥窑已是一千三百度高温，再添一把火，无疑为扑出窑炉的热浪插上了翅膀。

荥经黑砂渐渐飞起来了。荥经的朋友告诉我，继参展第四十二届世博会之后，荥窑艺术品成功打入国际市场。全县现有黑砂企业七十三家、网店三十余家、从业人员一千余人，2019年黑砂产业实现产值两亿元。集观光休闲、康养度假、黑砂产销和文化体验为一体的黑砂小镇呼之欲出，荥窑里的这一把火，没准要烧到全世界去……

在曾经的芦山地震灾区行走，灾难的痕迹荡然无存，倒是当年从废墟上抽出的嫩芽，已然长成了茂密的植株，斑驳的风景。荥经黑砂是葳蕤草木里的一株，我后来走进的芦山县乌木根雕艺术城、宝兴县达瓦更扎生态旅游景区、汉源县古路村也只是芦山灾后重建大家庭中常鳞凡介的一员。旧瓶新酒，老树新花，让他们与过去不可同日而语的，是置之死地而后生的坚持，是被无情碾压后触底反弹的生机。

也许可以说，因祸得福的荥经黑砂是一个贴切的隐喻，喻体映照的，是一片曾经伤痕累累，复又生机勃勃的土地。

遥远的歌声

　　去流星岩，我好不容易才下定决心。驱车三个小时到大渡河峡谷一线天，去流星岩，还要走八九个小时山路。

　　在一线天与流星岩之间的咕噜岩休整一夜后，我在六十六岁的李国银带领下往流星岩进发。李国银也十几年没去过那儿了。过了渊曲再往前走，连他也感慨这路怎么荒成了这样？

　　就像犁铧在大地上裁出一道沟来，李国银用双腿剖开覆在路上的草丛时，裤筒扑打草叶的扑扑声自膝盖下方升起，打碎了周遭宁静。那是一个鸦默雀静的早上，没有风吹，没有鸟从头顶飞过。

　　李国银有一搭没一搭找些话说，我知道他是在安慰跟在身后的我，也是在问候那些曾经熟悉如今又显见陌生的事物。说话间到了一个断崖前，看着恍恍惚惚一条小道贴着岩壁踉踉跄跄跌向远方，我吓出一身冷汗。

　　李国银将先前用于驱赶露珠的竹棍的一端递给我，另一端握牢在自己手中。走出一两百米后，路越来越窄，越来越像九曲羊肠。

　　好在是过去了。到了一个叫大坟林的地方，李国银指着几个像是坟头也像是废墟的石堆对我说，"这里原来有几户人，不过现在都不在了。"

"都不在了。"他把这句话又说了一遍，目光同时从石堆上抬起，升高，随身子画了个圈，似乎想在天空凿出个洞来，而曾经和他说说笑笑的那些人，以及他们经历过的岁月，都像眼前石头码放洞口，掀一掀还能弄出动静。

像是巡山来了，又像是翻阅一本活态植物图谱，还像见到了睽违已久的亲戚朋友，李国银一路走，一路用目光细细摩挲着眼前的一草一木、一枝一叶。

一道水沟将路截断，过沟就算是到了谷底。再走百十来米，大约在峡谷两岸连接线的中间部位，左侧树林浓密处一阵晃动。

树丛中钻出来的申其全戴一顶深褐色灯草绒鸭舌帽，帽檐下漏出的大半张脸上满是讶异。他问李国银，"哪股风把你吹来了？你现在脚步甘贵得很！"

不一会儿就到了申其全的住处。我没说这是他的家，是因为他的家在咕噜岩下。这里其实也是他的家，不过，那是在2013年以前。那年4月20日，一场七级地震到达过这里，然后，和流星岩其他人家一样，他们选择了异地重建。

房子有点老了，差不多有他老。老了的申其全身子骨却还硬朗。要不然他也不能搬下山了又折转回来，种下十五亩核桃、两亩花椒，放养着一群牛羊。他还三天两头往老林里钻。老林里有中草药，有蘑菇，所以，他进的也是银行，钻的也是钱眼。前两天他就碰到几丛魔芋，挖了一两百斤。

话说到这里李国银才拿手在脑门儿上重重一拍："你们吃饭了没？"

申其全生火给我们烤土豆，眼见火塘从灰白变得通红，他又塞给我们一人一听啤酒。酒一开人就不生分了，我和老申开玩笑："在家不听招呼，被老婆撵上山了？"

还真和老婆有关。在癞子坪重建新家花了八万多，但政府补贴的三点六万除外。为还债，申其全和小儿子甘一夏到处打工，一年有十个月奔波在外。眼看着地震捅出的窟窿就要填平，毫无防备的，头顶的天又塌了一片：老婆姜腾娥被查出尿毒症。

当然要好好治了，辛苦一辈子，她还没享过福呢。在市医院花了两万多块，申其全不心疼，反正有牛羊顶着。钱花了，病却迟迟不见好，好像还在加重。看来得打持久战，他带老婆回了癞子坪。每周去县医院透析两次，除掉政府报销的部分，自己要承担两百多块，此外，自费药消耗了七千多元。幸好嫁出门的大女儿拿来两万，甘一夏也把不多的存款如数交出。

正说着话，突然有人唱起歌来，是一个甜糯糯的女声："你的选择，没有错，我欠你的太多……"

我被这声音结结实实吓了一跳，却见申其全不紧不慢从裤兜里掏出来一坨被塑料袋包得严严实实的东西。从他郑重其事的脸上我看出来了，是一沓钱。

钱怎么会发出声音呢？见我一脸木然，申其全笑着说，"手机，老婆买的，她怕我在林子里把自个儿搞丢。不过林子里露水大是真的，不包起来，只怕说不响就不响了。"

果然说不响就不响了。申其全摇摇头，"几十岁的人了，还是稳不起。"

话音刚落歌声又响了起来："你的选择，没有错，我欠你的太多……"

左手拿着手机，右手食指悬停在手机上方，但申其全还是等"没有错"唱出来，"我欠你的太多"也唱出来，才让食指落下去，然后把手机贴在耳边，高声武气喊："啥子事？"

两个动作的过渡地带，他冲我笑笑："查岗的。"

其实他根本就不用让手机离耳朵那么近。老年机，听筒里的声音隔一里地也能听见。

"打半天也不接，搞啥子嘛。"

"接圣旨也要有个过程嚓。"

"少阴阳怪气。看样子要下雨，你早点回去哦。"远方传来的声音如果有颜色，该是白色的，带着点靛蓝。如果用温度计测，汞柱一定爬升很快。

"晓得，晓得。"申其全拿目光瞟了我一下，是得意的意思。

更多的却是担心。申其全问："学生些读书去没？"

"你硬是过昏了哦，今天星期六。"

"脑壳是不够用。明天又该去医院了，喊老么陪你。"

"晓得，晓得。天降温了，穿厚点。晚上冷就烤起火睡。"

"你把自己个管好就对了，干心焦……"

他们对话的过程中，我感到一股暖流从丹田处升起，涌到胸口，沉到腹腔，又徐徐上升，汇聚到脑门，眼眶也像安装了加热装置，变得发热、发烫。耳边的声音模糊掉了，却又是明亮而清晰的。模糊掉的是他们在说些什么，清晰起来的是刚才从手机里响起的歌声——"你的选择，没有错，我欠你的太多……"

在城市里，你看见过各式伴随着玫瑰和珠宝的表白，听见过金词玉句锻造的情话，撞见过浩浩荡荡的迎亲队伍，参加过纷华靡丽的结婚典礼，但是，你要以为那一定就是真爱，就是爱情最美的样子，可就错了。或许那些更多是高级宣纸裁剪的纸衣裳，刮一阵风就会走样变形，更经不起人生的风吹雨打。只有共同经受过生活磨砺的感情才值得信任，至为珍贵的爱情里没有表演，你能看见一个人的幸福或悲伤像天空倒映湖面般投射在另一个人的脸上，就像申其全和姜腾娥这个样子——这才是爱情朴素又高贵的面相。

原本以为是走近了一颗流星，没想到却邂逅了一份爱情。这实在是一件让人痛心的事——我是说，这份与世隔绝的爱情，后来也成了流星。

时隔一月，我再次去古路村采访，第一站选在癞子坪。远远看到有个人低着头在路边抽烟，我向他打听申其全住在哪里。真是难以置信，眼前这个人正好是我要找的人。从山上来到山下，申其全精神似乎也矮了一头，眼睛看上去像电压不稳的灯泡。我猜这一定和姜腾娥的病情有关，果不其然，话没说上两句，他就扯到了老婆身上："医生说治不了了，这几天正请人给她修山哩。"安慰人的话在我这里一直处于贫困状态，没有为难自己，我轻轻拉了一下他的手说，"带我去看看病人。"

异地重建的申其全的家是一层楼的砖房，堂屋促狭简陋，正中间摆着张方桌，八九个人围着桌子吃饭。申其全说你先吃口饭吧，我也是刚吃完出去抽烟的。早有人——申其全说那就是他的小儿子甘一夏——为我加了一副碗筷，用热情的目光把我往凳子上按了又按。我说我已在山底下吃过，也没过多坚持，申其全把我领进里屋。

一个脸色蜡黄的女人斜倚在木床靠背上，有些好奇地看着眼前生人。申其全给她介绍，陈同志，上个月去过流星，我给你说过的。她就对我笑了笑说，"那么远你都能走过去，厉害哦。"她的精神状态比我想象的要好，而她的一说一笑，对我则是更大的意外。堂屋里那些人是干啥来的她该是清楚的，他们正在做的事与她之间的关系她也该是再清楚不过的。而她竟然不失礼节地同我说话，心平气和地向正在远离她的声音、光明、亲人和只有活着才能享有的一切人间美好报以微笑。面对一个被死神身影一点点覆盖，自己心知肚明，却又表现得无知无觉的人，我突然感到害怕。我害怕说错了什么，或者不经意的一个眼神破坏了屋里的气氛。

"看你气色不错，慢慢就好起来了。"我知道我说的是假话。她也知道我说的是假话，但这个世界上有些假话比真话更受欢迎，所以她说，"但愿是这样吧。"我终于是轻松了些，说你们家老申硬是能干，一个人管着一大匹山。她苦笑道："还不是为了我。"申其全却嘴硬，"哪个是为了你哦，儿要亲生，地要亲耕，我是怕把地丢荒了可惜……"

半个多月后，村会计郑望春在朋友圈里发了一条动态："生命总是那么脆弱，一瞬间就变成这么远那么近的距离……愿大婶婶一路走好。"我心下一紧，留言问他："谁？我认识不？"郑望春秒回："就是我家旁边，你去看过的那个人！"

——毕竟是后来的事了，而申其全讲给我听的故事，我还没有讲完。

流星岩这个地方，要说谁没想过有朝一日远走高飞，要么是在撒谎，要么是翅膀没长硬。申其全不觉得这有什么丢人，苦日子骑在头上拉屎还嫌头顶不平那才气人。这么说是因为生活确实让他吃尽了苦头，而三十六年前的一块黄连，浓烈的苦味至今还盘桓在他的舌根。

那天，没顾雨后路滑，申其全去岩方湾挖药。正应了那句话，淹死的都是会水的，他从岩上掉了下去。空气被他的身体拉开了一道二十多米的口子，不幸和万幸的都是，岩下有一块土坡，坡上芳草萋萋，为滚下高岩的他做了缓冲。身子落地时发出"扑通"一声闷响，但他没有听到，他已当场昏死过去。好在隔着一道埂的儿子听见了，好在岩方湾离寨子只有三四百米远，好在当时的路不像如今荒得都找不到了，好在命大，七八个人用门板把他抬出了鬼门关。不过自此申其全就对流星岩起了二心，有时在梦里，他长出了三十丈的大长腿，一脚就跨到岩下，然后把两腿拆下折叠起来锁进箱子，不让它们再往回走。后来地震，真就搬出去了，申其全以为这就是梦想成真。哪知仅仅过了两年，锁住大长腿的箱子，被姜腾娥一纸检查报告重新掀开。申其全起初不知道尿毒症是个啥概念，直到女儿拿的两万元花光，自己卖牛卖羊凑的一万元也花得一分不剩，病情仍没有好转，他才发现那是一个无底洞，需要无休无止拿钱去填。这个过程中申其全时常感慨老婆运气不错——要是病生在一两年前，那时还没有"精准扶贫"，政府不拿了医疗费大头，人早就不在了。可自费部分和往返医院的交通费、生活费仍然不可细算，每到捉襟见肘，他又感叹老婆实在命苦：要是落在条件好的人家，她咋会有时候连买回来的药也舍不得吃。

在癞子坪，申其全没有地。女婿是当地人，送了他一亩多，但是地薄，除了种些蔬菜，能刨出来两头猪的口粮就不错了。六十多岁的人，去外面打工也不现实，申其全手指头自然打不伸展。驱赶缠绕老婆的病魔，申其全也想过先找亲戚朋友化缘，如此一来他就能留在家中照顾病人，而不是现在这样东一个西一个，病情究竟如何了，她有没有给你说真话，只有天晓得。转念一想，亲戚朋友也都在扯着指头过日子，何况现在给人借钱，人家就是有几百万也未必舍得借你一分。病又不能不治，还得从长计议——如果不早做准备，临时抱佛脚，还不急得三脚慌？实在不得已申其全才重新回到流星岩，当起山大王。

核桃和花椒总是有些收入的，野生魔芋山下卖两块五一斤，运气好的话，一天可以挖一百多斤。遇到这样的好事，就给儿子打电话，让他牵马上山。早上六点出发，时间抓得紧，晚上八点儿子和马可以回到山下。要是天气不好，路上堵，就在山上歇一夜再走。说路堵当然不关车的事，而是蜿蜒在绝壁的路掉了，得花时间疏通，不然一匹马掉下岩，几大千就没了——这样的亏以前别家吃过，自己家也吃过。为苞谷、洋芋花这样的功夫冒这样的险就犯不着了，不过申其全也没有让地空着，他想出了就地转化的办法。他的办法是养猪，等养大了制成腊肉再运出山。没有买猪崽的钱，他又想了个办法：侄儿出钱，他出粮食，把猪养大，叔侄俩五五分成……

一条河从眼里流过，河水混浊，目光也会染得混浊。申其全眼下的生活显然不是一条清澈的河流，然而他的目光中没有哀愁与怅惘，也没有似乎总在生活暗角处蠢蠢欲动的绝望。申其全也并非全然不动声色，就像我问他为啥选那首歌做手机铃声时，他憨憨笑着说买回来就是这样，眼睛里却有暖色调的光发出，让噼啪作响的火塘也变得黯淡。

申其全眼睛亮起来的时候，那首好听的情歌在我的耳畔又一次响起。

我是如此幸运，我在遥远的流星岩，听见这美好的歌声。

奖　状

一

话一出口钟锐就后悔了。在成都买别墅，花百多万提新车，又或者从瑞士旅游归来时左手上戴的东西比去前贵出十七八万，哥几个"绷"一下又不犯法。房子再大就睡一张床，车就算长了翅膀高速上也只能飞一百二十迈，时间快慢也从来不看表说话，别个不傻，这样的理都懂，一多半的钱，不就图买个谈资，或者面子？跟人家唱啥反调，孬头！

那天发哥过生，都是生意场上的哥们，杯子一端就不能拉稀摆带。酒过三巡，发哥一个酒嗝，带出来一套别墅。路虎汽车和瑞士手表相跟着从一只只酒杯里鱼贯而出，后面还跟着一条哈士奇、两条金丝楠手串。见钟锐嘴像拿双面胶粘着，发哥说，以前得了宝贝都要晒一晒的，钟总今儿画风大变，看来有情况，有情况，有情况。

三个"有情况"说得层层叠叠，缠缠绕绕，好像话的褶皱里真藏有见不得人的秘密。桌上没一盏省油的灯，保持沉默，"情况"就复杂了。一定是喝下去的马槽酒铆足了劲在往外推，钟锐舌尖上弹出来那句话："前几天得了张奖状。"

一桌子人眼睛瞪得比酒杯大。"什么鬼？！三八红旗手，还是三好学生？"

钟锐卖起关子："我那奖状拿出来，只怕亮瞎你们的眼。"

"方的，圆的，还是扁的？"

"偏是长的。"

"有多长？"

"四米九！"

二

2015年8月的一天，钟锐手机响起，"大河向东流呀！"一个干净明亮的女声顺着食指划出的纹路漫过来："我是楠木蒋昌菊，想和您聊聊扶贫的事。"

"男模？女模我倒有点兴趣！"钟锐边装耳背边想，哪条缝冒出这么个地名。

"永安镇楠木村，'百企联百村'，和您在同一张表上。我叫蒋昌菊，县民政局下派到楠木村的第一书记。"电话那头放慢了语速，每个字跑过来前，似乎都经过了四轮定位。

钟锐想起来了，是有这么一张"老皇历"。大约一年前，北川县召开"百企联百村"动员会，说北川是地震极重灾区、少数民族地区、连片特困地区，脱贫攻坚任务重、压力大，县里决定"大手"牵"小手"，脱贫"1+1"。记得会后他找到县工商联党组书记尚兴群，双方有过一番对话。

钟锐："我的石英厂嫩胳膊细腿，只怕没把人扶起来，自己先落个骨折。"

尚兴群："量体裁衣就是，没人让你使蛮力。"

钟锐："话虽这么说，谁没几个穷亲戚？'吃里爬外'的锅背不起呀！"

尚兴群："嚣别个！地震那会儿，更大的'锅'你都背了！"

想起来，地震时背过的那口"锅"还真不小。钟锐是安县安昌镇人，汶川地震前开有全镇最大一家宾馆。"5·12"那天，听说北川县城没了，他安顿好宾馆客人，开着借来的农用车，拉上满满一车食品往北川赶。几天后，他的宾馆成了北川县政府临时驻地，五六百人的一日三餐，都由他垫钱张罗。这一来就是三四个月，北川县政府领导问他房屋租金怎么算，七层楼的宾馆，九十六个房间，外加四间大小会议室，钟锐说，"一口价，每月拢共两千元！"

领导担心他忙糊涂了："这么整，恐怕只够水电费。"

他两手一摊说，"要是宾馆被震垮了，想做点贡献还没机会。"

三

重建新北川，安昌镇划归北川县。按说地震那会儿自己拿刀割身上的肉都不觉疼，身为北川人了，出点毛毛汗就更不成问题。可钟锐心里有个结：穷是无底洞，救急不救穷。更何况，扶贫都要企业买单，还拿政府干啥？所以一年里他都绕着洞口走。蒋昌菊这个电话让他生起不安，类似于一只活物，看到有猎枪端起。

出于本能，他想逃。找个遁词于他不难："不好意思，我的矿山上，最近问题成堆。"

蒋昌菊上辈子一定是个好猎手："既然都在一条船上了，需要跑腿的地方钟总不要客气。"

"一言难尽，一言难尽哪。这会儿我在成都，忙着呢，先挂了啊……"

"有事您先忙着。只是我们领导说了，找不到钟总，我啥都可以先别干！"

如此这般的电话打了几通，钟锐有些招架不住了。时间就是金钱，一天三个电话打过来，误了正事，还不相当于哗哗往外数票子？一粒米有一粒米的人情，时间大把花，谁的心里都泼烦！

猎物也有往枪口上撞的时候。钟锐这天主动给蒋昌菊打电话，"皇历上说了，今儿宜交友，我到贵局走一走。"心里想的却是，伸头一刀，缩头也是一刀。

副局长贾德春笑吟吟到楼下迎他。上了楼，老贾递上一杯茶："钟总上门说扶贫，这个姿势很迷人。"

钟锐赶紧接话："我一米七五的个儿，高帽子就不必戴了吧。真人不说假话，要我几滴血，贾局长来个痛快的。只不过看在我皮包骨头，一定手下留情！"

"钟总哭穷，还让不让我们过？"蒋昌菊打趣道，"钱在您兜里，贾局说了不作数。何况说，这又不是做生意。"

贾德春抢过话头："钟总是个爽快人，我也喜欢直来直去。扶贫和投资虽是两码事，但道理差不多——投资讲回报，精准扶贫更不能拿钱打水漂。"

钟锐边埋头喝茶，边品咂贾局话里有几个意思。

"钟总想留下买路钱，跟小蒋和我，也跟楠木村划清界限，我没说错吧？可您想过没，买了吃的用的发下去，到明年，还不又是三十晚上没月亮——跟头年一个样。"

钟锐急得一口茶只吞下半口就出了声："嗳嗳嗳，要杀要剐就这回啊！丑话摊到桌面上，我只求一个撇脱，不图半点回报。"

贾德春呵呵笑了，"树上的鸟儿要飞，任谁也拦不住。即使飞了，人家说树上落过一只凤凰，您听着是不是也舒服？"

"那，您说咋整？"

"我们计划好了，捐建一个肉牛养殖场，一来填补楠木集体经济空白，增强村支部号召力；二来解决特困户就业；三还可以利用有机肥种植绿色蔬菜！"

"按这整法，要多少钱？！"

贾德春刚才那番话他掂量过，值得起一万两万。哪料贾德春说，"圈养六十头规模，要三十来万。"

钟锐气都喘不匀净了。"这，这，这，贾局干脆把我卖了吧！"

　　蒋昌菊笑着往他茶杯里续水："钟总放心，民政局目前还没有拐卖人口这桩业务，贾局长也就是动员您买个马而已。"

　　"买马"的业务钟锐不陌生，打麻将时跟小伙伴搭把手，抱个肩膀。他松了口气，张开五指说，"我出这个数。不过先说断后不乱，一锤子买卖，二天让我再掏一分半厘，天王老子开口也不行！"

四

　　从北川新县城沿山东大道往老县城方向八千米，左拐，不出五百米便是楠木村的地界。村子入口，洪家坡、魔芋槽两座大山形成一个三十度夹角。楠木村折叠在夹皮沟里，初来乍到者，没一个不在两山交接处，把心箍得又窄又紧。蒋昌菊的第一次楠木行，心跳是大河沟底传来的淙淙水声，她知道五十七户、一百七十三人脱贫意味着什么，特别是在得知这个一千零五十三人的村庄有一多半壮劳力在外打工之后。

　　陪钟锐来村里考察，已是她"嫁"到楠木村半年之后。钟锐虽然表了态，但是他还说过，钱虽不多，每分钱还是要花得明明白白。人家的钱也不是枪打炮轰来的，所以钟锐这么说，包括提出实地考察，蒋昌菊不仅不嫌麻烦，反而打心眼里为他的认真点赞。让她"压力山大"的是，除了眼前看得见摸不着的五万元，其他资金来源一个也没坐实。"村有集体经济"是贫困村摘帽的一项硬指标，把悬在空中的五万块响当当砸下来，她和楠木村，太需要这"咚"

的一声了。

可是那天，在村里转了一大圈，选址敲定后，钟锐还是把腰包捂得死死的。他问，"其他'买马'的呢，我咋一个没看见。"

贾德春故作轻松，"听过那首歌么，在路上。"

钟锐意味深长地说，"可别让我马失前蹄啊。"

蒋昌菊脑子转得也快，"尽管放心，不会让您悬崖勒马的。"

几个人哈哈笑了。笑声落处，钟锐说，"我的钱随时来取，只是往后，你们只怕笑不出来。养殖场一半靠挖山一半靠填坑，山硬坑深，凭我开山挖矿的经验，五万块只怕平地都不够。"

贾德春缝也不留地接话道，"要不，平整地基的工程由钟总亲自干。反正人员设备一应俱全，您干起来也得心应手。"

钟锐迟疑半晌说，"也不是不可以。不过折成工程量，我还是只出五万。大不了，不算机具磨损，比别个工程队多干一两成。"

一块石头落了地，几朵笑容浮上来。正是这时，有人急慌慌找过来，"蒋书记，魏永建又不见了，他老爹在家饿得直叫唤！"

蒋昌菊脸上笑容瞬间蒸发："娃儿呢？"

"没看见！"

贾德春和蒋昌菊拔腿就跑。蒋开车，贾透过车窗冲这边喊："对不住了钟总，我们上街抓个人！"

五

楠木村6组魏永建是远近闻名的"有闲人"。上街打牌可以一周不下"火线"，地里一年比别人少收一季庄稼，收成还大不如人。蒋昌菊最恨扶不起的阿斗，到楠木不久听人说起其人其事，她眉毛一挑说，我会会他去。

三天里去了两次，两次都没见着人影。躺在床上的魏老爹说，他的魂都是麻将做的，你别枉费精神。

魏永建是县老年活动中心主任王庆川的联系户。蒋王二人找到双眼通红的"赌神"，不由分说往外拖。直至关上车门，"赌神"才回过神来，"哎呀，差点忘了我的娃！"原来，上街混的这几天，两岁儿子差不多都由麻将馆老板托管。

道理讲了一大堆，魏永建还回来一句话："不是我不想好，你看这个家，老的老，小的小，傻的傻！"

老的小的都见过了，蒋昌菊这才注意到，魏妻眼睛不反光，智商比不过一岁孩子。局里按政策为一家四口申请了低保，又为魏永建争取了一个公益岗位。既有稳定收入，又能照看一家老小，魏永建逢人就说民政局好，共产党亲。正在兴头上，蒋昌菊兜头给他泼下一盆冷水："以后再去赌，发现一次取消一个低保名额！"

哪想到吓也吓不住，不出一个月，魏永建旧病复发。也就难怪，贾德春和蒋昌菊把钟锐晾在一边撒腿就跑。

魏永建家的事钟锐是后来才听人说起的。别人讲完直摇头，为魏永建。钟锐却竖起大拇指，为蒋昌菊。

六

一周后，场平还是动工了。君子一言，驷马难追，钟锐憋一肚子气带着人员机具来的工地。心下里想，等活干完，一拍两散。

进场第一天他被堵在工地，横竖走不脱。围住他的是楠木村一群婆婆大爷，他们说，你平白无故来给我们做好事，好歹到家里喝一口水。其中有个老婆婆，头发白得刺眼，挂着一根拐杖，颤巍巍拉住他的手说："钟善人，我以后烧香，让观音菩萨保佑你和小蒋。"

一道电流从身上划过。钟锐以前进庙上香，心里念的不是财源滚滚，就是出入平安，恨不得菩萨只认得自己和巴骨头亲的几个人。仅仅是做一件不起眼的事，而且很可能是半拉子工程，他们却把他举在头顶，还帮着给观音菩萨开介绍信。一百五十多斤的钟锐从没觉得自己如此重过，他感觉自己的脸在发涨，血在燃烧。

一有空钟锐便往楠木村跑。开挖就遇到硬岩，回填的方料不够，需要组织外运，这些都要他现场拍板。除此之外，来楠木村，他想找一个答案。老人求菩萨保佑我和小蒋，自己的肠肠肚肚自己清楚，小蒋，那个闪得比飞还快的小蒋是个啥情况？

村里人慢慢都成了熟人。说起小蒋，他们的话像大河沟里的浪花，每一朵都清爽透亮。

小蒋报到那天，赶上村里拉水管。因为沟底没电，钢管如何焊接，大家大眼瞪小眼。眼看着好不容易聚起来的人就要散开，小蒋摸出车钥匙说，"大家等我一个小时"。等她拉来朋友的发电机，汗还没擦干，就听人说2组张成碧收谷子时头上被马蜂蜇了三个包，已经送往医院。蒋昌菊赶到医院看完人，又马不停蹄去消防站搬救兵拆除"定时炸弹"。

往后，小蒋就成了不上户口的楠木人。荒着的地，她和村上出面收拢来七十多亩，流转给龙头企业种百合、枇杷，既调整产业结构，又增加村民收入。一家水泥厂取料的货车纵贯全村，车一过山摇地动，尘土飞扬，村民直嚷没法活了，几次筑人墙拦车。她跑下来一个村道改造项目，货车改道绕行，井水不犯河水。8组唐帮林，老妈八十多岁，儿子读小学四年级，老婆十年前跑了，至今杳无音讯。她介绍他就近打工，还时不时去看老人孩子。

唐帮林的母亲，就是那个要找观音走后门的老人。

七

饭局来了。

贾德春打电话给钟锐："亏您费钱又费心，明儿周末，我约了尚书记、小蒋两家，您把家人带上，一起聚聚。"

"饭不吃了！贾局长有多忙，我又不是今天才晓得！要说楠木的事，你们也是干帮忙。"

贾德春在电话里嘿嘿笑了:"我们不过纸上谈兵,您可出的是真金白银。只为当初给的面子,也容我们敬您一杯道声谢!"

"这个我可受不起。再说,'八项规定'您忘了?"

"哈哈!丁丁猫吃尾巴,咱不怕。"

实在推脱不得,钟锐带老婆赴约。那几家先到一步,一个个笑容可掬。老婆扯一下他的衣角,"小心糖衣炮弹"。

酒杯端起,老贾说:"就为楠木村老百姓叫你钟善人,我满心满意敬您和嫂子一杯。"话完酒干,没一点拖泥带水。

钟锐也一饮而尽:"我倒是可以撤了,你们还任重道远。对了,那些个'买马'的,不会是走丢了吧?"

正不知怎样下手的盖子被钟锐一不小心给揭开了。小蒋接话道:"有几家企业原来说好赞助,不料中途有的变了卦,有的只闻楼梯响,不见人下来。"

抢在钟锐接话前,钟锐老婆说:"民政局家大业大,又何必坐在金山银山,盯着别个的煤渣山?"

女人见面七分熟。尚兴群拍拍钟锐老婆手背,朗声说道,"嫂子是个好管家,我以茶代酒,敬您一杯。"碰过杯她又说:"民政局有钱不假,但得专款专用,哪像钟总和您,十万八万,自己说了就算。"

钟锐目光画个圈,停在贾德春脸上:"给政府打报告,再怎么也比到处化缘好。"

足足过了三秒钟,贾德春徐缓说道:"钟总说的没错,精准扶贫是'国家行动',政府有不少项目资金。但我们求助于钟总这样的企业家，图的是钱，又不光是钱。"

钟锐眼睛一眨不眨盯着他。

贾德春接着说道："据我所知，钟总也是吃过苦的人，能有今天，全靠自己苦干实干。我们就是想通过您这样的成功人士，告诉日子还不那么好过的乡亲，只要吃得苦中苦，就一定能发家致富，挖掉穷根。不是有那么句话么，榜样的力量是无穷的。"

他这一席话，说得钟锐心里热乎乎的。正想举个杯，他感到衣角又被重重往下扯了一下。老婆用眼神告诉他，传说中的糖衣炮弹，来了。

正不知所措，贾德春又一次向他举起酒杯："钟总一撤，工程一停，养殖场不知要拖到猴年马月。钟总能不能好事做到底，多出五万的那部分，我们以后想办法还。"

"猴年马月。"钟锐把这词重复一遍，笑道，"贾局长打的白条，只怕堆了有半间屋。"

贾德春的酒杯僵在半空，钟锐的话还在继续："这就是一个坑，你们一锄一锄挖好的坑！"

蒋昌菊的心都要从嗓子眼里飞出来了。

谁也没想到钟锐的弯会转这么急："这个坑我愿意跳，捐建养殖场算我的，不用还！"

八

蒋昌菊记得清楚，从那天开始，钟锐和她以兄妹相称。贾钟二人，自那以后也是无所不谈。

有一天，贾德春无意中得知十天后是钟锐四十九岁生日。他把小蒋叫到办公室："感谢钟总，有了天赐良机。"

两手空空太假，送钱送物太俗。生日礼物如何准备，两个人绞尽脑汁。

最后还是挂在墙上的"上善若水"四个大字给了小蒋灵感："贾局，您那二十年书法，都是为今天练的！"

嘴上说着手生了，只怕拿不出手，在心里，贾德春却把蒋昌菊狠狠表扬了一番。花钱买不来的金点子，她咋就想到了呢。

离钟锐生日还有四天，晚上十二点，贾德春长长吐出一口气。第二天早上，五点刚过，他就去了办公室。铺纸，提笔，泼墨，心中的热流随笔尖荡开，与黎明的呼吸混合在一起。

天一亮贾德春就去了外地出差。三天后，蒋昌菊捧着她的点子、他的墨宝去找钟锐。

他竟然晓得，她竟然来了，而且抱着一个大盒子！钟锐急得直跺脚："你老家的蜂蜜和贾局家的腊肉我都尝过了，今天这礼，打死我也不收！"

蒋昌菊抿嘴一笑："要与不要，看了再说。"

揭开盒盖，一股墨香扑鼻而来。长卷在眼前打开，钟锐连声叫好。只是跟着又说，它们认得我，我认不得它们。

蒋昌菊递过去一张A4纸："别急，我带了'翻译'。"

拳打脚踢的字立时变得规规矩矩。钟锐看明白了，这是一副对联，还是一副长联。

　　　　敬恭桑梓**钟**鼓馔玉不足贵四九合天四九合地五世其昌眼无俗物胸无俗事永安捐建何以为名何以为利**先**人所美**添贵庚**

　　　　祝岁延年**锐**蓄威养入佳境八千知春八千知秋九转功成囊有余钱瓮有余酿楠木奔康此即是仁此即是信**生**聚蓬勃**增福寿**

再看题款："岁在丙申仲夏时逢迎钟锐先生上寿，特撰百字联以彰先生无私捐建永安楠木村肉牛养殖场，惠及乡梓助力脱贫奔康善举。西羌山人元贞题记。"

"西羌山人？"钟锐声音微微颤抖。

"就是贾局长呗。"蒋昌菊调皮地来了个脑筋急转弯，"这幅字四米九长，至于为啥不用我说。你只猜猜，对联不多不少一百个字，又是为啥？"

"一句好话，长命百岁呗！"

"对了一半。另一半是，精准扶贫，给你满分。"

钟锐眼睛一圈圈红开了。也是这时，蒋昌菊说："上下联对应位置有一些加粗的字，你连起来读一遍。"

"敬祝钟锐先生添贵庚增福寿"。仿若每一个字都重千钧，读着读着，钟锐的声音越来越徐缓，越来越低沉，到最后，似乎被咽到了喉咙里去。

那不是一句话，是一个催泪瓦斯。

都这样了蒋昌菊还不忘卖萌。她一边收起长卷一边冲钟锐说："既然你打死不收，我只有物归原主。"

钟锐急了："我说的是不收礼，但这不是礼，这是你们发给我的一张奖状。这张奖状，我要当传家宝收藏！"

九

占地一千一百平方米、能喂养六十二头肉牛的养殖场建成捐给村上后，几个人见面的机会其实不多。蒋昌菊还是一天到晚泡在楠木，兴建文化广场、解决7组人畜饮水、创建"四好村"以及建档迎检那些事，安了心不让她喘气。钟锐和贾德春各自也都有一摊子的事，直到2017年春节，几家人才又聚到一起。这次钟锐做东，他说，十年八年了，头一次在家里请客。小蒋冲嫂子嗔道，"你看我哥，还把我们当成客。"

又一次聚会是差不多三个月后的一个周末，小蒋组织户外烧烤。话题弯弯绕绕回到发哥生日，钟锐说："任他们晒车晒房，有贾兄弟的字垫底，我腰杆比往常都硬。"老贾说："吃亏是福，别人说说而已，只有你才当真。"钟锐说："再多钱买不来高兴，这样看的话，我早就起了本。”

贾德春一拍大腿说："何止起本，已经有了'利润'——养殖场3月底承包出去，不光关了牛，还下了'崽'。"

"下崽？不是肉牛么？！"

"我是打个比方。有两个老板说了，钟总带了头，不跟着'买马'良心都不答应。本打算事情正式敲定才告诉你，一激动，嘴就碎了！就当是，他们又给你发了一张奖状。"

钟锐声音飘忽得都不像是自己的了："怎么突然觉得，我是一个暴发户？"

蒋昌菊嫣然一笑："精神上的暴发户，受人尊敬的暴发户。"

那一刻的钟锐是眩晕的也是清醒的："要这么说，贾局和你就是原始股。"

小蒋莞尔一笑："可别，你这是在给我们颁奖。"

贾德春说："好意领了，只是颁错了对象。"

同贾德春相视一笑，蒋昌菊侧过身子，目光随春风铺展开去。穿越了漫长的冬季，田野吐露着好看的颜色，嫩嫩绿绿的，让村庄的桃红李白，更加显出生气和明媚。

卷叁

振兴之光

父子开店

福山来客

穷人的孩子早当家。可徐秀义当家不是一般早，才十一岁，他便每天出门捕鱼，贴补家用。

好不容易熬到高中毕业，出人头地的机会来了，徐秀义可以进学校教书。可他摆摆手摇摇头，不去。

相比教书，徐秀义更喜欢赚钱。

他的作坊开得让人眼红。可他干什么别人也干什么，氮肥厂、肥皂厂、汽水厂一个接着一个上，一个比一个占的地大。手艺吃不开了，徐秀义从老家金江搬到十多千米外的福山。

那天，四十一岁的徐秀义在家门口发了半天呆，然后扛着锄头，像年少时一个猛子扎进湖中那样，闯进一片荒林。

他要种咖啡。他知道祖籍广东台山的南洋归侨陈显彰来福山种过咖啡，知道福民农场还没大红大紫就已偃旗息鼓，知道把一个扎破的气球吹胀比对付一个新的难上百倍，但他还是决定要干这件值得去干的事。

徐秀义带着全家人开荒。地上时不时冒出个孤坟野冢，树林里冷不丁传来猴子或是别的什么鸟兽的怪叫，心里一发怵，徐家唯一的男孩子、九岁的徐世炳手指头被砍刀拉开了一道口子。

"哇呜"，一声尖叫惊起一群灰鹭。徐秀义三步两步走上前，一只脚冲着徐世炳屁股踢过去："这点苦都吃不了，长大能有啥出息？"

不能让种下地的咖啡树半死不活。和兴隆或者徐秀义所知道的其他地方并无不同，种在福山的咖啡在"文革"中成了资本主义尾巴，被割得不成样子，咖啡种植技术这当口已是青黄不接。以勤补拙，以人遭罪换树舒服，徐秀义四处取经、八方求人，徐世炳和姐姐妹妹则一放学就跟着母亲下地，锄草、挑水、上肥。

终于迎来采摘季。花是白的，果是红的。徐秀义眼前却是黑的——黑的不是咖啡豆，是咖啡豆变现有困难。

徐秀义爱下象棋，边下棋边琢磨，"棋乐咖啡屋"诞生了。没有手续，也没有牌子，但一点不妨碍他邀请左邻右舍喝咖啡。下象棋为免费娱乐，喝咖啡是分文不取，棋乐无穷，其乐无穷。一天下来，别人收拾残局，他在心里擘画前程：推广产品要培养消费群体，培养消费群体要从培养消费习惯做起。

汽车站和徐家是两隔壁。徐秀义认识的人多，往车站门口一站，人群中总有几张熟面孔，他邀约旧友新知喝咖啡，热情又诚恳。他家也卖汽水，买汽水的闻香起意，问他咖啡怎么消费？徐秀义说每杯七块，续杯免费。再问汽水多少钱一瓶？一毛二。已经走出三步，人家又折转身来：来杯咖啡！

徐秀义卖的咖啡不是高价而是"天价"，怪就怪在这里，顾客越来越多。天长日久，徐秀义不去车站门口了，"到义爹家喝咖啡"成了口头禅，他家不缺回头客。

1981年春的一天，一辆吉普车停在了徐秀义的家门口。为首的国字脸老头问徐秀义种了多少咖啡，听说有三十来亩，只淡淡"哦"了一声。又问福山这一带的咖啡加起来有多少，听徐秀义说只有他家在种，又"哦"了一声。徐秀义心里就有些纳闷，来我家喝咖啡的都是啧啧称赞，你"哦"啊"哦"的，几个意思。也没让他在心里多猜，人家说了，你家咖啡不错，但是产量太少。来人罗天，中共海南行政区委第一书记，兼任广东省人大常委会副主任。罗天说如今改革开放，生产发展，市场流通，不要只把杯子放在福山，要扩大生产，扩大市场，争取一步步把福山咖啡卖到海口，卖到广州，卖到北京、上海，卖到全中国。

徐秀义的野心在加速膨胀：选种，育苗，以福山为中心，把咖啡苗辐射到琼海、文昌、白沙、琼中、五指山一带。徐秀义一口气砸下去三四十万，其中三十一万元，是十七张借条拼凑起来的。

没人能想到徐秀义会一下"红"到这个程度。他成了"新长征突击手"，到人民大会堂领完奖，事迹印在报纸上。前脚回，后脚就有信件麻雀般成群飞向福山。大人没空拆信，徐世炳闲暇就有了事干。见信封里吐出来的话有些像拿蜂蜜浸过，他没忍住笑出了声："种咖啡还有这收成！"

1984年，徐秀义又从银行贷款二十万元。二十世纪八十年代，二十万元是个天文数字，银行冒这个险，既是信任他的眼光，也是欣赏他的胆量。徐秀义注册公司，申请注册商标，建起咖啡加工厂。

话放出来了："进军海口，占领广州，攻克京沪，挺进欧美！"

话是广东省外贸局和海南进出口公司领导讲的。他们真敢说，徐秀义真敢想。旧账未还又添新债，老巢还没坐稳，他又挪了新窝！

"出口"听起来很美，可领证、排载、报关、报检、投保、议付、结货一系列流程涉及外贸、运输、海关、商检、银行、税务、保险若干部门，徐秀义越往下跑，越是头昏脑涨。

"内销"也没有想象中顺利。咖啡豆烘焙研磨装了袋，派人送到北京、上海、东北找市场。北京、上海、东北都很大，可再大也容不下他们一罐咖啡。听说成都在开糖酒会，他让销售人员马不停蹄赶过去。那时文昌也有做咖啡粉的，他的人没进会场就听人家吐槽：夸的比嫌的少，看的比买的多！

加工好的咖啡卖不出去，咖啡果实采摘回来又被倒在地中。有人把刀和锯都准备好了，砍掉咖啡树，只差徐秀义一个口令。徐秀义说："想当年，陈显彰挑着咖啡去海口，路上要走两三天。这样艰难他都没砍树，我好意思砍？！"

徐秀义亲自装了一车咖啡豆去广州。趸船从海口启航，到了海安港。刚上码头，有人过来说，按照规定，物资交我们转运。东西交出去两天才知道，他们都是骗子，那是一个骗局。

北京、杭州、无锡、武汉……又是一圈跑下来，徐秀义总算有了收获。他的收获是一个体会，也是一个教训：人要抬头望天，更要低头看路。

徐秀义把心收回福山。1989年，幸福咖啡屯建了起来，一间瓦房，三张木桌，杯子大大小小，板凳高高低低。他是这么想的：卖一杯咖啡相当于卖掉一百六十粒咖啡豆，卖掉七八杯，就能保住一棵咖啡树。

1988年，海南建省，人流物流滚滚南下，海榆西线串联起海口、三亚两颗明珠，位于黄金分割点上的福山成为商贸流通重镇。慢慢地，有来喝咖啡的主顾给他出起主意：到海口开咖啡店，准保数钱数到嫌麻烦。

徐秀义大脑正升温，一桶冷水泼到心上："展销是展销，经销是经销。上海、杭州、无锡、武汉，摔得还不痛，教训还不深？！"

去，不去？！

去！

不去！！

将徐秀义从摇摆不定中拉扯出来的是一个听着年轻，又因为年轻显得饱满的声音："你不去，我去！"

阿炳开店

把咖啡馆开到海口去，帮徐秀义下定决心的，是大学毕业才三年的儿子徐世炳。

　　已是某知名百货公司部门副经理的儿子扔了金饭碗跟他讨饭，徐秀义话说得平静："你要来可以，但我有言在先。第一，亲兄弟明算账，两爷子也一样；第二，你是来投奔我的，一切行动听指挥。"

　　徐世炳在广场路看上一间门面。彼时的海口没一家咖啡店，风格怎么定位、空间如何布局，徐世炳脑中一片白，眼前一抹黑。查资料、搞设计自己动手，抹灰、上漆自力更生，连必不可少的广告、菜单也一应都是DIY。咖啡杯也不是想买就能买，而是让日用品商店的玻璃杯代替。

　　办证也是一把辛酸泪。琼岛第一只螃蟹该怎么打理，职能部门一大堆，有的胆子小，有的嫌麻烦，站站都要跑上几个来回。

　　折腾一年多，总算把证件办齐、装修搞定、杯具落实。还有三天就要开业，大红标语高高挂，徐世炳心里七上八下。貌似万事俱备，咖啡店其实还缺一样东西。银行没钱，面馆没面，冲锋陷阵的枪膛里边儿没子弹，都是不可思议的事。徐世炳开张在即的咖啡店里没咖啡，比这些都还不可思议。因为不管钱、面还是子弹都是别人制造，偏偏咖啡，徐家自产自销。

　　问题出在徐世炳出了"左脚"。咖啡店就好好卖咖啡，哪能不务正业。这是徐秀义的意见。意见不是凭空提的，早些时候，徐世炳找他申请资金，说要买一台冰箱。徐秀义说咖啡店里放冰箱，牛头不对马嘴。徐世炳向他交了底，一边卖咖啡，一边卖柠檬水，有冒热气的也有透心凉的，两条腿走路。徐秀义无论如何不答应：你是来投奔我的，一切行动听指挥！

徐世炳后悔自己跟错了人。至少时机不对——再过两年，手里有了筹码，和父亲谈判，多少也有些资本。这下好了，两分钱的事都要打报告，自己说好听点是二老板，画皮揭穿，就是提线木偶。

冰箱搬进咖啡店，徐世炳自掏腰包。

哪想闯了大祸。徐秀义得到消息，大怒："要造反由他去，但是想从我这儿拿咖啡豆，那是痴心妄想！"

租金花了三万块，装修又是十四万，难不成他老徐能眼见着白花花的银子打水漂？比这更严重的后果，无非父子反目，开张大乱。这样的事不可能发生，徐世炳有这份自信——管他真假，老徐好歹顶着个"咖啡大王"帽子，人五人六的，出不起这个丑。

离开张还有一星期，徐世炳雇了车，兴冲冲回福山拉豆。谁知父亲先是劈头臭骂，再是冷嘲热讽："你都造反了，你还来上朝？"

徐世炳把在江湖上练就的耐心都用上了，不温不火跟他磨。父亲终于松了口："给你也可以，前提是，那台冰箱得原路搬回！"

冰箱已经不是冰箱，是挡在父子面前的一堵墙。

徐世炳找邻居出面做工作，哪知父亲隔山打牛训他一顿："我请你你就值钱，你投靠我你就不值钱。"

小人不计大人过，这么想着，徐世炳回海口搬救兵。这回他算找对人了，徐秀义把闭得发馊的口虚了一条缝："每月六号结账，该给我的，一分也不能少！"

开业第一天，晚上打烊，一数钱，我的妈，卖了一千六。再看明细，要不是店里挤满桌子椅子，徐世炳早乐得打起滚：柠檬和咖啡，军功章里有你的一半，也有我的一半！

营业额一天天向上涨，店里座无虚席，店外排起长队！徐世炳给父亲报告，没忘说收入构成。父亲只有一句话，明天我叫你二姐来收账。徐世炳说，不是说好六号吗，明天才三号。父亲说，人是活的，日子也不是死的！

咖啡店一开始是徐世炳带着两个妹妹、一个小工打理，实在忙不过来，徐世炳提出招两个人，父亲不同意。徐世炳很生气，真的很生气。三年过去了，钱始终是你的钱，我永远人不人鬼不鬼。他向父亲摊了牌："我不干了，我要单飞。"

父亲怎么可能舍得他走。徐世炳是这么想的。再看父亲怎么说："慢走不送。"接下来还有一句话："如果往后再想回来，别怪我不答应！"

中国那么大，到底去哪里，徐世炳大脑加速运行。

北京、上海不能去。国内国际咖啡品牌都在那里争地盘，人家膀阔腰圆，自己细胳膊细腿，闭着眼睛冲过去，无异孤羊投群狼。

近在咫尺的广州不能去。卧榻之侧岂容他人鼾睡，他怕父亲搅局。

徐世炳读的是成都的大学，娶的是成都的妹子。夫妇俩心有灵犀，一拍即合：成都，成都。

新店从筹备到开张用了不到四个月。我的地盘我做主，徐世炳心里好不舒坦。

生意一天比一天好，到了第三年，每个月利润居然有四五万元。这年徐世炳刚好三十岁，生日那天，妻子说，"当初还担心赌气赌输了，成都待你不薄，千万可别花心。"徐世炳嘴贫上了："不走了，八抬大轿来接我，我也在成都稳起！"

没有八抬大轿，只有老脸一张。

父亲不是来搅局的。他是来拆台的。

徐秀义让徐世炳把店转让出去，跟他回海口。徐世炳以为父亲在梦游，在说梦话——我辛辛苦苦打下的江山不要了，一个月几万块的收成不要了，说一不二的老板不当了，回去屁颠屁颠跟你背后，当一个提线木偶？！

父亲是真的老了，承认失败，连遮羞布也没要一张："你这边搞得不错，海口快撑不下去了，一个月营业额只有四千多。你是对的，跟我回去，让你做主。"

三十二年了，父亲头一回求他。徐世炳决定答应父亲，前提是把店转让过来。父亲应下了，但同样有一个条件：拿转让费来，四十三万。徐世炳只给三十七万。父亲退了两步，四十万。儿子一口价，三十八万。

跑在风的前面

店还是那间店，实际却不是了。不光十多万装修费让硬件面目一新，菜单也比原来大了一倍。徐世炳的理念是顾客至上，你觉着怎样舒服我就让你怎样，你要吃什么喝什么，除了偷和抢才能弄到的，绝不让你失望。

客人多起来了，每个月利润很快涨到两三万。生意虽好，店面太小，只有九十个平方米。庙小容不下大佛，徐世炳想到扩张。

滨海大道有间咖啡店，上下两层，合起来三千平方米。店是1996年开的，两年过去了，生意就没见好过。坐在自己的店里，徐世炳没少听客人说那一家的风凉话，"死了死了。"别人这么说可以理解，那地方前不着村后不挨城，每平方米房租才二十三块。没有客人来消费，房租全免又怎样，必然要亏本，早晚得关张。徐世炳找上门，财不大却也气粗得很："这样下去迟早血本无归，如果交给我，保证起死回生。"老板鼻孔里哼一声："交给你？装修费我花了七十万！"徐世炳扭身要走，对方改了语气也换了说法："你要给你，价钱好说！"

老板不是别人，是徐世炳的亲爹徐秀义。一生二，二生三，三生十百，这是父子俩最初的共识。新店选址滨海大道，父子俩同样所见略同：占据有利地形，抢夺发展先机。分歧还是出现了，正是这次分歧，让徐世炳起意单干，至于扩招员工未获准奏，不过是导火索而已。争论焦点在卫生间。父亲的主张是砌一道深沟就行，那样节省装修款，水也不吃亏。徐世炳不同意，说人家大大方方花钱，你抠抠搜搜算账，这样的生意做不长。父亲脾气上来了，我只收了咖啡钱，没收卫生费，"有买有送"还不仗义？徐世炳气得飙出一句话：谁官大谁正确，谁有钱谁有理！

这下好了，真理不再掌握在权和钱的手上了。升级装修，徐世炳第一锤砸向卫生间。

他想得最多的是怎样把客人引过来。

滨海大道没什么人气，这是硬伤，但不致命，否则当初宝也不会押这边。不是有句老话吗，酒好不怕巷子深。话未必全对，多少有些道理。咖啡是好咖啡，这点自信他有。但东西再吸引人能量也有限度，地球引力就够大了，鸟还在天上飞着，云还在天上飘着。所以要想办法挖掘潜力，增加魅力值。像钱，一万块敲不开门，加一块金砖看看。像车，一匹马拉着费力，再套一匹试试。像喝酒，要嫌喝不醉，那就美酒加咖啡，一杯又一杯。想到这里，徐世炳眼前一亮。当然不是酒在发光，酒，店里一直都有。也不是中餐、西餐、可乐、柠檬水，这些闹市里都不缺，舍近求远，人家没疯。

一只乳猪金光灿灿跑到眼前来了。外酥里嫩、肥而不腻的烤乳猪也是福山美食一道奇葩，把猪"牵"到海口，不让人把舌头吞进肚子才怪。想到这里，徐世炳忍不住唱开了："乳猪加咖啡，一口又一杯……"

徐世炳改写后的歌词没多久就成了幸福咖啡馆滨海大道店的实景写真。生意有多火爆，外人看楼下汽车排了多长，徐世炳看这天卖了几头乳猪。父亲关心的也是乳猪"走"了多少，徐世炳今天答十五，明天答十七。

下一间店开在哪里，徐世炳脑子没空过，脚也没停过。2001年的一天，徐世炳正实地考察新店选址，一个电话打过来，"父亲不行了！"

　　父亲查出肺癌已有一年多，知道这天迟早要来，但真的来了，徐世炳仍湿了眼眶。开足马力赶回家，父亲拉着他的手，话没出口泪先流："阿炳啊，我一辈子干什么都赚钱，唯有做咖啡，欠下两百多万……"

　　徐世炳一边流泪，一边拿手抹父亲脸上的泪："爸你放心，父债子还，一分一厘我都不会欠别人。"

　　父亲脸上又有了泪："我还是担心你压力大。"

　　徐世炳先止住了自己的泪，再擦父亲的："我能撑得起，你放心，你的青山还在，你的信誉就是无形资产。"

　　父亲还是不放心："商场如战场，你可怎么还？"

　　徐世炳答得干脆："你栽在咖啡上了，我再在咖啡上站起来！"

　　父亲用最后力气拍拍儿子手背，慢慢闭了眼。

　　料理完父亲后事，徐世炳开了一个家庭会议。姐姐和两个妹妹都在场，徐世炳说："我答应过父亲，他的咖啡树不能砍，他欠下的债必须还。有信心的和我一起拼一把，要是自己有出路有门道，天高任鸟飞，海阔凭鱼跃。"姐妹三人说出的话大同小异："父亲的债，不是你一个人的债。"

　　债台高耸，开新店的事先靠边让路。房和地都抵押在了银行，徐世炳一笔一笔还债，一张一张取回。

　　学会跑路就要提防摔跤了。自信像一根棍子，可以帮你站得很高走得很远，也可以让你猛然绊倒，摔一嘴泥。这是徐世炳未曾想到的：正是让他春风得意的这根棍子，把他拽进泥坑。

2009年，雄心勃勃的徐世炳绸缪起第四间店。这一次，他的选址是西海岸。坐在海风椰林里喝咖啡，徐世炳想得比风景都美。

徐世炳也承认，都是跟风惹的祸。《印象·海南岛》是张艺谋在北京奥运会后打造的首部作品，一流的品牌，一流的导演，一点八亿元的大手笔投资，总占地约十公顷、总建筑面积一万一千平方米、可容纳一千六百名观众的全新打造的海胆形仿生型剧场……一切似乎都是好的，包括2009年4月14日华丽亮相的首场演出。

新店选址就在《印象·海南岛》隔壁。剧场装修时他的店面也在装修；剧场外围整饬，即将开门迎宾的咖啡店前也在种椰树、植草皮；剧场开业，他也开张。

谁知好景不长，实景演出高开低走，很快风光不再，偌大剧场，多数时候靠一两百名游客支撑门面。

剧场冷冷清清，一墙之隔的咖啡店，也是门可罗雀。

把店开到西海岸，当初家里没人支持。人多话不齐，但说到底，理由都是一个：那儿离城太远，周边没单位也没小区。姐姐和两个妹妹说得曲折，妻子的话直接得多："你是去赶蚊子，还是去喂蚊子？"

听不进他们的话，徐世炳有他的理由："太阳远不远，孤单不孤单？但是多少星球围着它转！"

看演出的观众多数都是跟团游，除了演出那七十分钟，多一秒大巴车都不会待，要想观众进店喝咖啡，就像指望轮船停下看表演。家里人把话说到这个程度，仍然没能说服徐世炳。他说剧场建在那里就是培养人气，就是给城市扩张打前站，要是好位置都被人占了再过去，只有喝洗碗水的份。妻子急了，"阿波罗登月也是给人类移民打前站，你就不该在海口买房，你该直接买到月球上！"

讨论的结果有眉毛有眼摆在西海岸。不像这会儿心里拔凉，拍板决策时，徐世炳也是血热心烫：谁官大理在谁一边。

说什么都迟了。一个月要亏三万块，亏了两年还在亏。

剧场那边，江河日下的局面还在持续。观众席成了晴雨表，隔壁有一点风吹草动，徐世炳心里都会掀起惊涛骇浪。

是父亲扶徐世炳走出了泥潭，走出了阴影。父亲在Logo里，在咖啡杯上。父亲说，我十六岁才有长裤穿，我不坚强吗？我做了半辈子咖啡就亏了半辈子，却从来没有动摇过，我不执着吗？我变着法子摔打你、磨炼你，强壮你的精神和意志，我还不够狠吗？

第三年，转机出现了，西海岸店扭亏为盈。

2014年，徐世炳斥资一百万元，重建咖啡屯。选址红旗坡，与父亲当年建的咖啡屯近在咫尺。

徐世炳跑在了风的前面。《印象·海南岛》暂停键按下两年后，有人想把西海岸上的咖啡馆接过来做餐饮，价码开到八百万。

徐世炳没有答应。

非比寻常的爱

我本儋耳人

兴隆到海口，弯弯曲曲的路不下两百千米。1958年3月18日，张籍香到华南热带作物科学研究所兴隆科学试验站报到，得知自己被分到咖啡组，她急了。

大学读的是果蔬专业，热带作物，她只在讲台上见过一棵椰树。老师拿着一本外文书说，呶，这就是椰子树。张籍香眼珠子都要挣脱出来，可那一页已翻了过去。看到椰树站在地上是大四时，在汕头实习。每天下地种白菜、拔萝卜，远远听到警报响，大家撅着屁股就往菜地里钻。就是一次国民党的飞机抖完威风飞走后，老师指着前方说，"呶，那就是椰子树……"

三个人的咖啡组虽是中国第一个咖啡专业研究机构，却同张籍香在新专业上一样，穷得底掉：没有仪器设备，没有专业书籍，没有实验田，甚至，没有一棵属于自己的咖啡树！

"娘家"日子也不好过。1955年春，头年3月才成立的华南热带作物科学研究所所长何康前来考察，兴隆华侨农场领导提出请求：橡胶、胡椒、咖啡都是"洋玩意"，技术跟不上，产量起不来，归侨生活艰难，我们心里难过。这次考察埋下的伏笔在1957年4月揭开历史的一页：站长田之滨带领九名科研人员、十多名工人来到兴隆，开始了白手起家的创业历程。连田之滨都自称是个"穷要饭的"，其他人能不是要什么没什么？

第一本工具书是手抄本。书从哪儿来，老大哥陈乃荣说得含糊，但"三天必须归还"，他口里的字一个比一个吐得清晰。三个人轮流抄书，把白天抄成黑夜，把灵活的手指抄成僵硬的树棍。

有一项重要实验是测产，也就是测算选作标本的咖啡树单株产量。在海南，咖啡果实的采摘期大多在头年十月到次年三月。春节正好在此期间，而试验站的大本营在广州，科研人员的家也安在广州，回家过年，测产工作只能委托技工进行。这样得来的多半是神仙数字，张籍香明白，其他人也不糊涂。然而，在回家过年与亲手测产之间，没有人心里的天平不是向前倾斜。

后来当了农业部部长的前所长何康咬牙做了决定：农业科研必须紧贴大地，科研人员必须深入一线，全所迁到海南，全员沉到田间。

既是"全所"，当然包括所长本尊。为表决心也是为断后路，何康携妻儿一同渡海，西迁儋州。其身正，不令而行，全所在册职工两百多人，无不马首是瞻，从车水马龙的国际大都会，举家迁往蛮烟瘴雨的旧时流放地。

开着白色小花的海浪将海安港越推越远。海风从甲板上掠过，从拢在耳后的发丝里穿过，张籍香却没有背井离乡的怅惘。在海鸟讴歌大海的热情中，在海浪拍打船身的固执里，她默念起当年贬谪儋州的苏东坡写下的一首五绝：我本儋耳人，寄生西蜀州。忽然跨海去，譬如事远游。

兴隆墟

从海口到兴隆，木炭车扬起的尘埃散去是第三天午后。

解剖麻雀的手术台上撒着一撮稻米，要问麻雀在哪里，答：拿稻米去喂。兴隆试验站面临的就是这个情况，地里田间，除了少量尚待清除的灌木，全是归侨种下的香茅。

田之滨手拿镰刀顶着火辣辣的日头弯下了腰。向大地弯腰是农业科技人员最高贵的气质，匍匐身后的茅草是写在大地的宣言，也是他向同事发出的号令。陈乃荣挽起袖子紧随其后，张籍香牙帮一咬跟了上去。

种下地的咖啡树三年才能挂果，总不能蹲在树下吃三年闲饭。三个臭皮匠想出来一个主意：农场有咖啡园，租虽不行，借总可以？

上顿番薯，下顿馒头，头天稀饭，今天挂面，别人能将就，她也能凑合。张籍香心里满是庆幸：要是从小养尊处优，牙吃甜了嘴吃刁了，兴隆的日子根本过不下去。

舌尖的冲动在所难免，去兴隆镇上的消费社花一毛钱喝杯咖啡，张籍香有时候也赶潮流。

喝着咖啡，张籍香弄清楚了兴隆场的前世与今生。

这是举世瞩目的撤侨行动。1948年6月，英殖民政府颁布"紧急状态法令"。几经谈判，年轻的共和国伸出双臂，分期分批接难侨回国，组织生产自救。于是，被当地人称作兴隆墟的不毛之地上建起华侨农场，橡胶、咖啡成了归侨的情感寄托与生计依托……

人家盯得可真是紧啊。突破重重封锁，把希望带回家，归侨们能想的办法都想到了。有人将种子缝进了衣服夹层，有人将秘密藏进了点心盒子，有人手捧一束鲜花，花朵枝条间另有玄机。

咖啡组确定下两个科研项目："中粒种咖啡的生物学习性观察""中粒种咖啡的整形修剪研究"。这样的观察实验相当于"零起步"，而在国外，"挡杆"已拨到三或四挡。

越耽搁不起越掉链子，越火烧眉毛越火上浇油。上面一句话，整个兴隆地区划归榆林公社管理。除了五个科研人员和几名工人留下看门，实验站全员撤走。

是不幸也是幸运，张籍香代表咖啡组留了下来。不幸是在别人眼里：留守人员每月只有十几斤粮，油和肉的供应几乎断绝。幸运则是张籍香看来的幸运。留守申请得到批准，两耳不闻窗外事，一心守着咖啡树，她激动得差点流泪。

终日乾乾，夕惕若厉，张籍香的日子却过得井井有条、津津有味。听听菜名就知道她的饭吃得有多香：萝卜干，"海南猪肝"；南乳，"兴隆红烧肉"……

留守岁月里，《中粒种咖啡整形修剪研究》顺利通过专家评议。

好消息接踵而来。

1960年2月7日，周恩来总理到兴隆考察。接连喝过三杯咖啡，总理竟然还要一杯，话还说得诚恳："我走了很多的国家，喝了许多的咖啡，还是兴隆的咖啡最香！"

咖啡豆在锅里翻炒，总理为什么对兴隆咖啡情有独钟，这个问题也在张籍香脑海里不断跳跃。时值"三年困难时期"，历经坎坷的归侨们能否渡过难关，这是总理心中的牵挂——归侨是如此特殊的群体，而兴隆在全国各华侨农场中接收人员分布的国家最为广泛、安置侨胞人数最多。总理希望归侨都能过上好日子，希望兴隆咖啡帮助归侨过上好日子，希望更多中国人喝上自己种的咖啡。

看清楚了这一点，张籍香似乎也就看清了前方的路：从事咖啡研究使命光荣，让中国人喝上自己种的咖啡任重道远！

这就是爱

兴隆试验站在高层关注下得以重建。队伍骤然增加，两家人挤住十二平方米平房的情形成了"标配"。

苦闷、怨怼、委屈、不满都是从时间缝隙里长出的野草，如果时光是一条丰沛的河流，则野草会被波浪切割，水面之下，是驰而不息的激流和欢活畅快的游鱼。从兴隆流过的时光是一条大河，咖啡组每个人都是一尾游鱼。

当务之急是攒"本钱"。老大哥带着咖啡组的人白天上班，晚上下河。下河不是捉鱼，是挑泥。每逢大雨，太阳河上游会冲下不少淤泥。两箩筐泥七十五千克重，陈乃荣能扛上肩，张籍香也能扛上肩。通常情况是从晚八点干到十点，扁担压在肩上，歌声飞在夜空。不光挑泥补肥，他们还废物利用，将蒸馏后的香茅渣运进实验田覆盖地面，既保水保肥，又改良土地理化性状。

这边差不多了，张籍香扛着铺盖卷住进红光农场。咖啡树晚上十点起开花，凌晨五点才能花容齐整。花不休息，她也不能休息。每两个小时就穿着雨衣抬着凳子坐到树下，一眼不眨看着每一分的每一秒，雨滴把起先是蓓蕾，后来像圣洁茉莉的白色小花雕琢成了什么样子。

龙滚农场那边去得也勤。兴隆离万宁县城二十三千米，走到县城，汽车还得颠簸七十千米，往往是一大早出发，把实验做完再争分夺秒往回赶。有时是去测产，看着张籍香他们大箩小筐从车上下米，不明就里的城里人指点着说，收破烂的来了。

眼看着咖啡种植区域扩大、面积增加，张籍香恨不得一天能有二十八个小时，这样她就可以用多出来的四小时吃饭睡觉，其余时间全部交给科研。才来农场时，同事给她介绍对象，她说没到时候；后来家里急了，催她回去相亲，她说没有时间；这时候她的话里更是没留余地：结了婚生了小孩，又煮饭又带娃，工作还怎么干？！

全国"三八红旗手"、享受国务院特殊津贴……头顶的桂冠层层叠叠，最让张籍香两眼放光的事情却是这一件：1994年——她第二年就退休了，海南岛咖啡亩产二百四十千克，是1978年的五十倍还多！

提到咖啡产量"芝麻开花节节高"，接过了她事业衣钵的龙宇宙记忆里浮出许多往事。

头天来兴隆报到，第二天张籍香就带他下田锄草，挖穴，施肥，采果。龙宇宙心里那个火一天天要烧到全宇宙去：大学升学率也就百分之五，我好容易从农村考出来，结果还是让我下地，怎么搞的！

就像"星探"要时时扫街，龙宇宙他们天天往大田里跑，选拔"种子选手"。兴隆六七十个队一半有咖啡，龙宇宙将四五千亩连片咖啡地全部跑遍。

跑是预热，接下来才是重点：标好田间图，做好标记，第几块地第几行第几棵树形最好、结果最多。肉眼看了不作数，得测产，拿出数字。咖啡果成熟，最早一批和最迟一批隔着五六个月。树是人家的，果子不能采，只能在树上一颗颗数完，折算出重量再PK。一棵树可产二十千克果，一千克果大约四千颗，数完一棵数，相当于从一数到八万。中间不能说话也不能有别的事打岔，不然数过的数忘掉了，又得重来……

张籍香一生里没有恋爱结婚，对此，龙宇宙有自己的理解：陪伴是最长情的告白，张阿姨同咖啡相守一生，这也是爱，这就是爱。

人生最圆满，是拥有不后悔的人生。龙宇宙相信张阿姨不会后悔，因为把咖啡科研作为此生最爱，他也未曾有过悔意。

独爱那一"种"

"人世间有百媚千红，我独爱你那一种。"每每，歌声飘进耳朵，闫林嘴角都会微微拱起。搞科研，娱乐精神还是要有一点。

闫林爱的"那一种"，是"种子"的"种"。

2009年7月，香料饮料研究所来了年轻人，而且是建所以来第一批博士。说是一批，其实只有两个。所以，虽然戴着黑框眼镜的闫林看起来也像一株咖啡苗，愉悦仍在龙宇宙眉宇间荡漾开来。

正好要申报一个关于咖啡种子资源遗传多样性研究的课题，龙宇宙让她具体负责。项目耗时三年多，等到结题，闫林意识到，她和咖啡，这是一段不了情。

物色培养对象，闫林进入组织视线。条件明摆着的，已有六年党龄的她专业优势突出，敬业精神和治学态度又都有口皆碑。

闫林主攻品种审定。这是一项极端重要又极为漫长、枯燥、繁复、精密的工作。每个品种布三个点，每个点建立三个试验小区，每个小区内选择十至二十棵植株，一株一株测量冠幅、径粗、产量，以及每个植株上有多少一级分枝，每个一级分枝的长度、对数也都要一一测量，一一做好记录。点布在澄迈、兴隆、琼海等地，意味着不仅要无论寒暑顶天立地，还要不顾风雨南征北战。

而这只是日常工作的一小部分。云南普洱、保山等地咖啡种植面积已达四十六万亩，其育种、植保、管理和产品开发，都离不开

"国"字号的热科院提供技术支撑。此外，优良种苗繁育技术研发、芽接技术培训、咖啡种植推广及与之配套的技术指导工作也都眼睁睁盼着闫林他们。

2012年9月里的一天，闫林的手机通了又挂了。回拨过去，支吾一阵，同事说，摁错了的，挂了吧。挂了又觉得没对，再打过去，同事这才说，品种"国审"正攻坚，所长想问她能不能回来。说完又叹口气，哎，我们也是病急乱投医。听闫林说出"我来"二字，同事替她操起了心：孩子可才两个月！闫林说，家里的是娃，"热研1号""热研2号"也是一手拉扯大的娃。就这样，三个月的产假，闫林贡献了三十天。

又一次，迎接农业部重点实验室评估，闫林连续加班二十多天，一不小心就干到深夜两三点。那天有外宾来访，才到走廊上，她突然眼前一黑。醒来后才知道自己晕倒在了走廊上，磕掉半颗门牙。

有一段日子，闫林白天搞调研，晚上搞科研，其间还国内国外赶场式参加学术交流。丈夫也是频频出差，两口子一个在家一个不在的情况持续了快两个月。那天闫林好容易完成工作要回家了，丈夫回过来的信息让她惊出一身汗：天上见。心急火燎把电话拨过去才知道，丈夫这天又要出差，各自的航班将在空中相会。回到家，出门时还不会唱歌的女儿，比画着唱了一曲《感恩的心》。她的泪是被稚嫩童声里的一句引出来的："天地虽宽，这条路，却难走……"

这条路是真的难走。华南热带作物科学研究所升格为中国热带农业科学院，试验站发展为香料饮料研究所，咖啡组壮大为咖啡研究中心，科研人员由最初的三个人扩充为十六人，让咖啡研究中心主任闫林难以自抑的泪水师出有名的，正是同事们开渠引水的坚定与勤勉，蓝缕开疆的拓新与跃进。

闫林初来乍到时龙宇宙就是咖啡研究牵头专家，他的工作岗位后来几经调整，但是，不管身居何职，前组长心心念念的除了咖啡，还是咖啡。2016年，时年五十二岁、身为热科院开发处处长的龙宇宙做了一个让很多人难以理解的决定：自摘"官帽"，"裸奔"回来，全心全意研究咖啡。中心另一位元老董云萍，也是把根和咖啡扎在一起，一辈子心无旁骛。

除了龙宇宙和董云萍，咖啡研究中心全是"80后""90后"，全是硕士以上学历高才生。小镇兴隆，不管交通、生活便利程度还是子女接受教育的软硬件，和他们来之前想象的都有不小落差。一年又一年，这些"顶天地立"的人没一个提出要走，而且人人都能拿出一张赏心悦目的成绩单。

得与舍

从育种到加工，全过程的技术支撑，加速了中国咖啡产业发展。在兴隆，五百亩标准种植示范园的建立，为计划投资二十五亿元的咖啡生产休闲融合发展示范园树立了标杆，也为荣登中欧地理标志保护名录的兴隆咖啡走向海外指示了方向；在海南，近水楼台下，月色分外明，传统产区澄迈、万宁槁苏喝醒，琼中、白沙余烬复燃；在云南，中国热科院香饮所咖啡创新中心落户普洱，中国最大咖啡产区如虎添翼；在四川攀枝花、西藏墨脱、贵州兴义、广西玉林、广东云浮，咖啡种植从无到有，咖啡豆摇身变成"脱贫豆""致富豆"，梦想与现实之间，一架云梯正徐徐立起。

云梯向上生长，链接横向延伸。

邀请函来自哥斯达黎加驻华大使馆。2013年1月，横跨东西半球的科技合作正式启动。

闫林当然十分兴奋。哥斯达黎加乃世界四大咖啡种质资源保存中心之一，也是世界唯一对外开放的国际咖啡种质资源保存中心，若以咖啡资源论，是当仁不让的全球"首富"。与哥方合作，正好可以"结富济贫"。

没有得的舍不会长久，没有舍的得没有尊严。八年你来我往，双方友谊不断加深、合作日趋紧密。当闫林向哥同行表示谢意，对方会回敬一句，你们赚了，我们也没有吃亏。

没错，站在前两代科研人员肩膀上，中国咖啡研究团队有了令人尊重的看家本领，种质资源深度鉴定和咖啡基因组测序双双走在世界前列。

脚下的路还是原来的路，却不再是原来的路了。面容不再青涩，内心里的闫林，却仍是刚上路时的那个自己。

"猎户村"飘出咖啡香

一

要是晚一年出生，黄秀武就是"80后"。可人生没有"要是"，有的只是一把打开成功的钥匙，隐藏在岁月的褶皱之间，等你躬身探寻。

2000年，黄秀武中专毕业，把前程定位在了广东。打工的日子说起来多是辛酸和艰难。北京奥运会盛大召开，黄秀武从一场直播中得到启示：只有创造机会，才能扭转乾坤。

海南省琼中县和平镇长兴村三面是山，一面是河。山是飞水岭，河是太阳河。把回乡青年黄秀武包围起来的却不是山和河，是穷。两个哥哥，两个弟弟，加上父亲母亲，七个人住在一百平方米的破瓦房里，这是包围圈的第一层。第二层看不见，却一样密不透风：自家种的橡胶还不能收割，替别人割胶所得，不够一家人果腹。

在城里吃过的苦把黄秀武劝回乡村，又鼓舞他在贫穷的城墙上撕开一道缺口。条条道路通罗马，书上的话忽略了世上其实有很多远路、死路、回头路。路远不怕，路不好走也不怕，黄秀武想的是，能抄近道，何必绕着道走。

上一年生猪行情不错，猪苗和饲料又都可以赊账，黄秀武眼馋心也热，起步就喂了十二头。怎料这年生猪价格急转直下，亏得血本无归。总不能年年都是"白菜价"，黄秀武第二年喂了三十头。又是一把伤心泪：价格争气，猪不争气，有的发烧有的拉稀，熬到出栏的不到一半。

亏掉的八九万块，黄秀武当是交了学费。"学习心得"有两点：致富必须勤劳，勤劳未必致富；苦干更需巧干，用心也要用眼。

二

世间万物都不是说有才有，它们早就在那里了，只是因了某种际遇，才在"突然之间"被人发现。长兴村东一块西一块加起来的百十来亩咖啡树就是这样，它们普遍比黄秀武年长，有的超出他年龄部分的树龄甚至约等于他的年龄，但黄秀武注意到它们，确乎在"突然之间"。

是来村里收购咖啡果实的贩子引起了他对它们的注意。村里主要种植橡胶、槟榔，零零星星的咖啡树结下的果子采摘后晒成干果，给贩子倒手转卖，不过是换些买盐打酱油的零钞小票，没有人太过在意。黄秀武在外面"漂"时干过采购，想的和村民们多少有些不同。辛苦所得干吗拱手送人吃上一嘴，想到这里，他起意自家的果实自己卖，顺带把村里其他人家的一并卖了。脚下地皮踩得热，出手又大方，黄秀武秤一上手，真就没了别的贩子什么事。

贩子是左手交右手，收购的果实什么样，转手卖出去还是什么样。在兴隆，黄秀武发现剥皮去肉后的咖啡豆身价比咖啡果实高出老长一截，心底就浮起了那句话，肥水不流外人田。心灵手也巧，黄秀武加工净豆的试验没费什么周章就取得成功。利润翻番，他心里反倒不安分了——村里咖啡树就那么几棵，想靠它发财，等同于鸡爪上剐油、羊角上剔肉。

要是鸡爪变鸡腿、羊角换羊膀呢？父亲的话让黄秀武有如醍醐灌顶。二十世纪六十年代村里就有人种咖啡，到了八十年代，全村咖啡种植面积不下两千亩。虽然砍倒的多留下的少，好歹是留下了火种，留下了长兴村可以种咖啡、适合种咖啡的活证据。

临到动手，黄秀武又有些犹豫。一朝被蛇咬，十年怕井绳，死气沉沉的猪圈杵在眼前，他心里高高横着一道坎。心结解开是2011年底，海南省咖啡行业协会进村调研，秘书长符长明一口气说出三个"得天独厚"，并且大发感叹，说长兴村不种咖啡，是不能容忍的天大浪费。黄秀武最初以为他是随口一说，或者是喝了村里的水，嘴不得已变得甜了。后来想想，他所说的区位、纬度、民族文化三个"得天独厚"，没一个是牵强附会。长兴村离兴隆镇只有二十公里，中国热科院香饮所就在兴隆，也就是说，全国顶尖的专业机构就在家门口。再说纬度，长兴村所在的北纬十八度是举世公认的咖啡种植黄金纬度。民族风情更不消说。长兴村二百七十三户一千三百一十一人，九成是黎族和苗族。咖啡文化如果和民族风情合为一体，1+1＞2的效果就出来了。真要说，符长明话里也不是挑不出毛病。明摆着的，长兴村得天独厚的地方，他数漏了一处。琼中县森林覆盖率为百分之八十一点六七，位居海南全省之冠。举目四望，村里无处不是青枝绿叶，比之全县，"绿色指数"只会高不会低。在连空气都苍翠欲滴的大自然里种出来的咖啡，喝一口下去，肺叶上还不长出来一小片森林？！

仅靠手中那一把锄头到底成不了气候，但黄秀武本就没想过要"吃独食"。他动员村民们和他一起大干一场，可看看他的猪圈，再想想当年斧头向大树拦腰砍去时的痛苦，上了年纪的村里人，有的可劲摇头，有的连摇头的心思都没有。长兴村曾经是远近闻名的猎户村，要说搭弩张弓，村民个个洞若观火；自从弩毁弓藏，万物在他们眼里就都像是罩着一层磨砂玻璃，让人失了准星也丢了信心。愿意和黄秀武一起干的四个人都是和他一起玩泥巴长大的年轻人。这次是"玩"也不是，他们同意黄秀武说的，砍有砍的理由，种有种的道理。道理是什么，就是一句话："云低要雨，云高转晴"。天时在变，人要懂得顺势而为、革故鼎新。

种咖啡，村里人多少有些经验。经验像酒，一般都不会过期。最给力的是香饮所，隔三岔五派人来到田间地头，从小苗定植到中苗管理，一条龙服务，一分钱不收。种下的两百亩咖啡苗出落得亭亭玉立，枝头还没起花蕾，人心里已开得丛丛簇簇。2011年12月29日，长兴村咖啡盆景树在"中国福山咖啡产业国际化战略论坛"上甫一亮相便引发关注；次年年底，黄秀武带着自己加工的咖啡豆参展"中国（海南）国际热带农产品交易会"，同样斩获颇丰。2013年7月10日，黄秀武牵头组建的长兴村飞水有机咖啡合作社挂牌成立了。免费发放咖啡苗，结果收获后统一收购、统一销售，合作社的运行模式让不少村民青眼相向，短短两年间，"入伙"的村民从五人发展到三十人。新栽的树还有一年才挂果，没入伙的村民坐不住了——咖啡重镇福山、兴隆、黎母山的风都在可劲往这边吹，越来越多的人动了心。有人问现在"补票"是否还来得及，黄秀武亮明态度：众人拾柴火焰高，合作社的大门，没有门槛也没有门闩。

三

随着又一批新成员加入，合作社"身胚"大了"胃口"也高了：别人吃肉，我们喝汤，这都哪年的老皇历了！注册自己的商标，开发自己的产品，开辟自己的市场，他们不光会想，而且敢干。品牌是现成的，大半个身子躺在村中的飞瀑山闻名遐迩，叫起来利索，听起来耳熟，眼前还像安有高清LED屏，满满都是青山飞瀑的画面感。建厂房一时间资金不足，大家想出来一个办法：委托加工。

从车间里出来的咖啡，身价倍增；落户县城街心花园的咖啡体验馆，门庭若市。好事一件接一件，2018年7月，黄秀武又把农业农村部"全国一村一品示范村"的金字招牌给抱了回来。这时的黄秀武不光是琼中县唯一的黎族高级咖啡师，而且已经当了两年村支书。村民大会上，村支书扯着嗓子自问自答，"到手的鸭子还会飞走吗？这得看大家手上抓得紧不紧了！"

当一道瀑布还是瀑布，还在凌空高蹈时，它并不知道身下的路有多长，不知道会丈量出一个怎样的高度。别人眼中的黄秀武也是一道瀑布，也是一个谜底不断揭开，又不断重新设定的迷局。2019年，黄秀武带领下的合作社不仅在网上开了微店，还筹资一百余万元建起咖啡加工厂。长兴村目前的咖啡年产量为二十吨，只是加工厂吞吐量的五分之一，朋友开玩笑问他设备饿坏了怎么办？黄秀武笑着说出这句话时，眼神里都带了花果香："市场在招手，我们正向一万亩冲刺哩！"

发起万亩冲刺，底气来自哪里？不久后的一天，又有朋友问。黄秀武吐出四个字：乡村振兴。

飞瀑山旅游公路很快就要完工了。游山玩水之外，用飞瀑山的水泡飞瀑山的咖啡，越来越多的人会选择做飞瀑山的人。迟早有一天，整个长兴村都是咖啡香，整个"猎户村"的人都会吃上香喷喷的咖啡饭。眺望未来，不惑之年的黄秀武看起来成竹在胸。

"新种咖啡一千亩。"黄秀武的2021年新年日历第一页上，字少，事大。

报　答

一

母亲被癌症山洪一样卷走。隔了不到一年，沿着一条尼龙绳，父亲逃到了母亲那边。十二岁的阿芝成了一家之长，刚过十岁的妹妹望着她哇哇直哭。两个弟弟更可怜，他们并不知道这是人生至暗时刻，甚至连哭上一场，他们都不知道。

八年光阴过得不快不慢。2017年高考发榜，一个冷门引爆全县——文科状元居然是阿芝。

初夏的四川农业大学梧桐大道浓荫匝地。阳光从枝叶的缝隙间探出头来，在阿芝的眉心、鼻梁和闪着红光的脸盘上，唱起青春之歌。阿芝声音澄净明亮，像太阳雨："我是一个假的'状元'，要说分数，他的那才叫高。"

父亲走后，政府把彝家四姐弟送进福利院。他就是那个时候出现在他们世界里的。准确说，他之前就是福利院的常客，是他们像一群受惊的山羊闯进了他的视线。

年来没来，节到没到，差不多以他出没出现为标志。福利院孃孃伯伯们也劝过他，三十年河东三十年河西，现今的"五保户"日子滋润着呢，犯不着他再费心费肝。他理和嗓门一样大："这些人要么没儿没女，要么没爹没妈，外边有人来看一眼，不一样。"

真的不一样。他不光给阿芝零花钱，给弟弟妹妹买衣服，还会问她成绩，问她作为大姐，怎样才能不怒自威。

甚至她咧嘴一笑他也会皱眉头——"你是龅牙？"妹妹幸灾乐祸地笑，他眉头的海拔更高了："你也是龅牙！"

阿芝被拔掉四颗牙。打这时起，每月都要来他的牙科报到。

他从老家盐亭单枪匹马来石棉县是1986年。悬在街面上的店招并不醒目，挂在患者嘴边的"新兴牙科"却如同镶了一道金边。"医生有水平，指甲还不深。"有个患者这么说。又有个患者这么说。越来越多的患者这么说。

一天，从草八牌来了个看牙的大妈，背篼还没落地，先有一口气叹了出来："王家那个女子，死得也太惨了。"问起缘由，大妈说，"不是要开学了吗，妈老汉说女娃娃嘛，书有啥子读头。女子晓得爹妈心疼钱，一狠心，把齐腰长发绞下卖了。当妈的这样的话也骂得出来：'你现在卖头发，二天（以后）不是要卖勾子（方言，意为从事卖淫）？'她妈出完气下地去了，等回来时，女子手上一瓶敌敌畏差不多已见了底……"

就是那天，他对在场的人说："二天遇到读不起书的娃娃，你们带过来找我。"

他的名字从此长出了翅膀，但这只是一只。另一只是他说的另一句话："残疾人在我这儿镶牙拔牙一律半价，劳动能力丧失的，全免。"

阿芝没少遇见找他"化缘"的家长，以及半分钱不出就把牙痛除掉的人。这当中，有个带儿子看牙的男人，眼泪汪汪，捶胸顿足："早晓得要两百多，八抬大轿也把我请不过来！"

他再明白不过了，男人的每一滴眼泪，都是一片生活的苦海。于是展颜问道："别着急，是不是钱没带够？"

"我只有三十多元，还是从垃圾堆里扒出来的。"孩子爹边说边从裤包里小心翼翼掏出个脏兮兮的塑料袋。一层层展开，是个起了毛边的信封。信封里包着一沓钱，除了块票就是角票。

他把手放在孩子头上："二年级了吧？"

"读啥子书哟，我得了脂肪瘤还没钱医。他妈跟人跑了，我还有个拖斗——一个瞎子哥哥……"

他从兜里掏出两百块钱，放到孩子手上。父子俩还没回过神来，又听他说道："无论如何，不能让娃娃成了睁眼瞎。以后，他的学杂费，包在我身上。"

也许是自己躺在治疗椅上的原因，阿芝发现，那一刻，他的身高，一直逼近屋顶。

父子俩走后，阿芝禁不住问他，为什么要对这些人这么好？他说，因为，他也是过过苦日子的人。

别说那个时候的阿芝理解不了一个人的过往跟别人的当下有什

么撇不开的关系，就是今天，她仍然感到自己的认知远远够不着他的内心。不过她相信，"他是一个人活着的最完美姿态"。

他叫杨仕成，在阿芝的老家四川省石棉县，要论"身价"，修路的，造楼的，开矿的，随便一个老板站出来都要高他一头；但要说到口碑，无论如何低调，他总占着上风。

阿芝用眼睛告诉我，她的述说是沥胆披肝的。我的祝福因此交疏吐诚："你这个学霸，一定会青出于蓝胜于蓝。"

阿芝赧然一笑："建华哥哥那样的才算学霸。"

二

二十五年前的那个夏季，开学那天，石棉县民族中学校门外，罗建华和母亲的拉拉扯扯引起了黄春兰老师的注意。一问才知道，母亲说读书也不能当饭吃，生拉活扯要他回去。老师语重心长："不读书，以后只能吃苦，吃更多苦。"

"他学习不好，上课像坐土飞机。"母亲撂下一句话，心急火燎要带人走。知道这一去意味着什么，罗建华嘶哑着嗓子哭喊："我妈骗人，这次统考，我是全县第三！"

当妈的也顾不得面子掉到地上："报名费要一百多，我搜干打尽也只有十块钱。你要他读书，你管他嘛！"

"管就管！"黄春兰真找拢来几个老师，你三十我五十，除了学杂费，还凑出来一个月生活费。

没想到孩子靠这钱撑了三个多月。那可是馒头、咸菜、白米饭外加大师傅不要钱的一勺汤汁拉扯出来的长度哪，黄春兰心疼得睡不好觉。找个周末，她"押"着罗建华回了趟家。丢给学校就不管，到底是不是亲生的？黄老师想，是与不是，她都要好好给家长上一课。

离罗建华家一箭之遥，黄春兰感到有一粒子弹击中了自己。家徒四壁是她词库中最深的贫困，可眼前一幕，映照出词库的空虚——箭竹连成的四壁以七十五度角向西倾斜。

生活震出的破绽不是强作欢颜所能遮挡，纸糊的热情也就成了不必要的浪费。孩子妈站在条石凿成的鸡槽前，头也不抬："他老汉几年前害病走了，只给我留下四个娃，老大还是残疾。他是读书的料，但没得读书的命。"

但黄春兰还是有话要说："要是娃娃肯读书，考上大学，这个家也就有了顶梁柱。"

"道理我也晓得，但是钱呢？除了几个娃娃，我家就剩几只鸡了。鸡屁股再用劲，也屙不出一个大学生来呀。"

"校长说了，建华的学杂费以后都不再收。"

"生活费呢？总不能胀死眼睛，饿死肚子！"

"我——找人给他出！"

家访归来，黄春兰径直去了新兴牙科。也是心急，她单刀直入："以前说过的话，还作不作数？"

杨仕成随黄春兰找上门去，罗建华却不干了！好说歹说，这个书，娃都铁了心不想再读。

不光黄春兰尴尬，就连孩子妈也上了火："不晓得这是打起灯笼火把找不到的好事？你这瓜娃子，简直就是吆不上市的猪！"

罗建华闷声靠近屋后柴垛，一屁股坐到地上，把头深深埋到胸前。一只老鸹从头顶飞过。气流打在颈上，湿漉漉的，不知是不是老鸹在哭。

也不知道当时的陌生人、后来的杨叔叔是啥时候挨着自己坐下来的。在一只手搭上肩膀的同时，杨仕成问："咋想的，跟我说实话。"

回答杨仕成的是长时间的抽泣。稚嫩肩膀在沉默的手掌下山一样起伏，就像一个少年，和另一个曾经的少年，在理想与现实的对抗中剧烈晃动的心事。

小时候，杨仕成经常被母亲赶出门去——枯涩的生活，需要靠野生半夏、柴胡、桑椹一类润滑。父亲呢？父亲一年有十个月被胃病摁在床上，成了一尊泥菩萨。关于那时冬天的全部记忆，是一家人围坐在堂屋里剥棉花——熬不完的夜，剥不完的棉花。他高考时差了一分，复读一年，考试时一紧张，还是差一分。拿到成绩，他想回去对母亲说，明年我一定不紧张了，那一分也就无处可逃了。可晚上那一顿饭吃下去，他的话再也没说出来。厚皮菜煮老玉米，一粒玉米卡在喉咙，眼泪都咳了出来。其实也不确定是咳出来的，谁说生活的底部没有一个泪的泉眼呢？他决定不再读书，他不能容忍自己容忍母亲一个人吃下全部的苦。

故事讲到这里，杨仕成用比罗建华埋到胸前的头更低的声音说："我晓得你咋个想的。不过不读书，早晚你会后悔。"

"你，难道也后悔了？"罗建华肩头不再耸动。

"我那时是没有办法。你不一样。"

"你没读大学，不是也有今天？"

"一个方程往往有几种解法，最管用的通常却只有一种。"

十三年后，罗建华把硕士学位揽入怀中，又经过几年奋斗，成长为一家市级单位中层骨干。罗建华感念自己的执着，更感动于杨仕成的支持。他无偿提供的六万余元（这个数字是我从杨仕成口中撬出来的，而罗建华认为十三年间他的资助累计应该不下十万元）是攻城掠地的弹药，而让自己瞄准靶心的，则是同他的一次次促膝长谈，或者鱼传尺素。

罗建华这辈子都忘不了1993年夏天，那是命运的转折点，梦想复活的时间。我惊讶于一条射线的原点竟然如此遥远，罗建华却说，在此之前的两年，或者更早，杨叔叔的手就已经很"散"了。

时针拨到罗建华所说的两年前，阿红坐在自家门前石包上默默垂泪。脚下的大渡河奔流不息，她的悲伤，像汹涌的河水一望无际。每一粒种子都渴望破土而出，但没人知道，有多少芽头和梦想一起永远深埋地底。自己就是一粒被阳光拒绝的种子啊，又像一滴水，被激流抛到岸上，一粒石子都没打湿，就又快要蒸发干净。

中考失利，父亲想让她复读，母亲却说迟早都要嫁人，何必花这冤枉钱。在母亲面前，父亲的舌头从来都欠着一点文化的火候，他能借助的武器，只有百草枯了。

时隔不久，阿红被母亲送到县城一家餐馆打工。苦水里泡大的孩子习惯了忍气吞声，然而一天晚上，当两个喝醉酒的男人冲她发起酒疯，对他们，对生活，也对一度从内心出逃的自己，阿红发出了醒狮一般的怒吼。不等天亮她就起身回家了，她对母亲说："再要撵我出门，你就白生我了。爸爸可以不活，我也可以。"

姨娘在新兴牙科镶牙，那天，讲过孩子经历，她半是玩笑半是认真问杨仕成，能不能帮阿红找个工作。仗着和县林业局钟书记熟，他下班就找了过去。可钟书记说，先不说我们只招伐木工，就是坐办公室，也要十六岁以后。

下次见面，杨仕成问孩子姨娘，娃娃出来漂了这么久，现在还想读书不。对方长叹一口气，想到命头去了。只可惜，家头穷得叮当响，两分钱也拿不出来。

杨仕成不光一手一脚帮阿红交清了报名费、住宿费，还表态每个月赞助她五十元生活费。哪知开学不过三天，阿红母亲就从教室里把姑娘揪了出来："你这个偷天换日的，说是出来打工，结果跑来混阳寿！"

杨仕成闻讯赶到学校，才刚张嘴，阿红妈劈头盖脸批了他一顿："牛圈头硬是伸出马嘴了呢！清官难断家务事，你算哪把夜壶？"

耐着性子，他好言相劝："阿红基础好，好好读书，肯定能出人头地……"

阿红妈打断了他的话："刘家祖坟里就没埋弯弯木。种一季地有一季的收成，要是考不起，再多的书还不是白读？"

他的回答既是百炼钢亦如绕指柔："你就让她读吧！考上学校我接着管，要是考不上，你家地头的损失，算到我的头上。"

第二年，阿红以全县第一的成绩被雅安师范学校录取。

得"地利"之便，阿红在心底建了一本台账。从1989年夏到现在，从最初的每年一两千到如今每年掏出二十万元在石棉中学设立助学基金，这个直到2013年才给家人买下一套住房的人先后拿出两百多万元，无偿资助品学兼优的学生不下三四百名。

这是一个让人吃惊的数字。还没回过神来，阿红又说，他的另一半，同样了不起。

这个我知道。他的大管家雷淑兰，典型的夫唱妇随。

阿红抿嘴一笑："我说的还不是雷大姐。捐资助学只是杨医生爱心世界的半壁河山，他的另一半，是扶贫助困。"

<h2 style="text-align:center">三</h2>

田野的呼吸并不是每一次都可以捕捉得到，但当麦浪涌起，沉实的麦粒，会将大地的广博与深情诉与我们。

与甘孜州九龙县接壤的蟹螺藏族乡俄足村海拔两千一百米。2016年，杨仕成头一回来到俄足。村支书王青桃把沈友全介绍给他，沈的儿子在监狱服刑，儿媳人间蒸发，两个孙子成了没娘娃。他递给老沈三千元，承诺孩子在校的生活费，每年赞助两千。

这还没完。他说穷根不挖，沈家好了，还会冒出张家刘家。王青桃说政府这几年陆续往村里"撒"了上千万，脱贫摘帽已经有了盼头。他接话道："大梁政府挑了，要是不嫌弃，我也下点毛毛雨。"

五年为期，杨仕成每年给村里赞助五万元。村里靠这钱架起围栏，长期被牛羊霸占的三百四十亩山地上，瓜果香飘了回来。重楼、白及相跟着被引种到村里，这两味中药是"活黄金"，担心"金库"出问题，村民们晚上睡觉也大睁双眼，直到他拿钱安了监控。

美罗乡九千来口人饮用水自煤洞里流出，乡亲们自我解嘲，去医院拍片，估计我们肠肠肚肚都是黑的。乡政府决定从红沙沟调水，可脚板儿跑大，资金还差那么一截。乡领导找到杨仕成，他顿也不打认捐十万元。这笔钱在2006年不是一个小数字，记这份情的人却不多。那阵他同人合伙在美罗办电站，有人说，这是在交买路钱！直到王仁才找他扯皮扯出个不可思议来，人们才意识到，一些人的身高，不适合从门缝里探看。

电站占了王仁才家一分地，老王秋后算账："照别个地方标准至少要再补偿他一百块。"息事宁人花不了一分钟，杨仕成却说，"有事好商量，我们去你家里慢慢摆。"

眼前一切证明了之前判断，王家已快山穷水尽。女主人神志不清，到地里干活，不喊不晓得回家。生活已经是一把烂牌，王家十七岁的女儿眼前还是一抹黑。

返回县城，杨仕成找到一家盲人按摩店，问老板收不收徒弟。老板说，学费连带生活费，四千。

　　杨仕成掏出四千元，一部"变形记"拉开序幕，姑娘学到手艺，成了家，小夫妻开店当起老板，日子一片光明。

　　母亲改嫁那年，"疙瘩娃儿"十六岁刚过。仗着脑子灵光胆子大，他在县城工业品市场盘下一个服装店。"疙瘩娃儿"走下坡路，大约是从挣到"大钱"后开始的。那一年打矿，一炮炸出个金娃娃。发了横财，小子把持不住，天天花天酒地，每每乐不思蜀。可惜好景不长，运气和怄了一肚子气的老婆一样，看不惯他那副德性，跟人跑了。"疙瘩娃儿"喝酒喝出脑出血，落下半边瘫。

　　坐吃山空的"疙瘩娃儿"活下去只有靠低保了。可申请交上去，伸长脖子也没等到下文。

　　接到"疙瘩娃儿"的求助电话，他找上门去。才到门口，就被一阵恶臭抬了出来——屋里脏得没法说，空气酽得划根火柴能点燃。深吸一口气，他硬着头皮走进屋中。这才知道，"疙瘩娃儿"靠拾荒度日，别说往天的亲戚朋友，就连收矿泉水瓶子的都躲着他。

　　杨仕成在床头放下一千块钱，转身就跑起低保手续。"疙瘩娃儿"户口在擦罗，早年间又在广元堡买下一套住房，鱼和熊掌，总能占着一头。可任他好话说尽，东方西方，两边都不亮。

　　直到搬来县上领导，社区同志仍然板着一张脸："他当年得意忘形，后父扇了他一记耳光，他抓起扫把杵过去，后父就那么丢了性命。'疙瘩娃儿'被判七年刑，说是劳动改造，两个监友专门照管他还忙不过来。没办法，监狱方面才让他保外就医。"

　　铺垫得差不多了，社区同志反问杨仕成："一个刑期都还没满的人，有啥资格要由政府出钱来管？真要应了他，政府比窦娥还冤！"

"'疙瘩娃儿'前些年是不像样子，但他已经付出了代价。兔子急了会咬人，要是他无路可走报复社会，到时才难得打整。"杨仕成的眼神，是"疙瘩娃儿"望向他时的眼神。

最终，政府给了"疙瘩娃儿"一碗饭吃。

四

终于见到杨仕成。中等身材，面积不大的脸上五官布局和谐。

关于他的故事，别人已经讲了许多。但这一面非见不可，因为不在巴颜喀拉山下驻足，你就不会知道大渡河腾起的浪花，为何闪耀着雪山的圣洁。

聊到七点过，在距新兴牙科不远的一条巷子里，杨仕成给我办了个十多块钱的招待。采访归来一个月，他的由一片市声托起的话语，仍然在我的耳根处盘桓："几十年过去了，跟我有缘的孩子多已长大成人。逢年过节，他们有的提东西来看我，有的要请我下馆子吃饭，我说你们打个电话或者发个短信，我心里就舒服得很。杨叔叔是时代的受益者，你们与其报答我，不如报答社会。"

（文中未成年人均为化名）

看梨园红遍

秋天浩浩荡荡地来了。让王天兵眼眶发烫的秋天是色彩和风景，是果香四溢的美好心情。

苹果已经红透，再不采摘，就会跨过红的边界。就像女子长大藏不住，前阵子，"提亲"的电话响个不停。好闺女不愁嫁，他并不心急。这下是不能再耽搁了，"嫁女"这事，急不得缓不得。

大地村所在的梨园乡是一个"加大号"苹果园，梨园乡所在的四川省汉源县，半个县种着"红富士"，是"加加大"的苹果园。去大地村找王天兵家，相当于在森林里找一棵树，在滂沱大雨里拾掇起一朵雨花。

打了几通电话，王天兵又骑了摩托到路边来接，终于是到了他家，到了他家如挂满红灯笼的苹果园。

二三十双手正熟练地将苹果从枝头摘下、放进篮子、倒进三轮车斗，再转运到果园边的大卡车上。从梨园出发，这些苹果将启程前往上海、天津、福建，甚至销往国外。听王天兵这么说，同行者中有人想不明白："红富士"并非梨园独有，为啥你们的就这么吃得开?

王天兵给每个人递上一个苹果，话是用眼神说出来的：人有我好，人好我优。"嘎嘣"一声脆响后，舌尖成了传感器，将充沛的糖分瞬间传导到了味蕾。苹果被咬出的浅坑里，满是似琥珀、如果冻、像蜂蜜的半透明糖渍，仿若阳光再猛烈些，就会从指缝间嗒嗒滴落。见问话的朋友惊得合不拢嘴，王天兵开了口，就是这"甜心"，把好多人三魂勾掉了两魂。

王天兵为何把挂满枝头的果实称作"甜心"，我是听过这一段插曲才明白过来。

1986年冬天，大地村7组的王天兵到一组做了上门女婿。满地里种上玉米、荞麦，一家人足忙活一年，收入只八百多元。第二年勉强与头年持平，第三年，玉米灌浆时赶上龙王爷休假，三十多亩地收了只不过五百来斤。

"天兵"敌不过"龙王"，却不甘心败给自己。《走四方》的歌声震天响，他把背包一扛出了门，决心不混出个样儿不回来丢人。

先去理塘伐木。九死一生，只换得两百块钱。

到炉霍挖金矿，又是一年。然而，工钱拿不到手，回家的路上身无分文，不得已，他拿仅有的背包换了一段路费。

一路走一路蹭饭，王天兵临过年才回到家中。开春后他没有再往外走，而是抱着一丝侥幸，把麦种播到地里。出乎意料，头次种小麦，亩产高达七百斤。

一方水土养一方人，王天兵有点相信这句话了。他又试着在地里种下苹果、梨子，居然都成功了。

丰收的日子如期而至，苹果结得密实，梨子长得壮硕。然而，生活的成色，与青苹果和白梨子并没有太大不同。

查阅资料，问道专家，总算找到症结：苹果价格上不去，是因为引种的果树是已淘汰品种；好梨子青睐海拔一千七百米的高度，而大地村海拔只有一千五。

壮士断臂，需要拿出比当年抱着赌博心态种下这些果树更大的勇气。恰恰王天兵就是个狠角儿，八百棵梨树，被他一鼓作气埋藏在锯齿斧刃。

这一年，县农技部门引导果农嫁接改造传统品种。村干部领回两根枝条，当金条看管着。王天兵抢到两个芽头，捧在手心，大气不敢出——他怕一有闪失，把这仅有的火苗给弄没了。

"红富士"就此扎根在了王天兵的地里，一棵棵嫁接，一排排延展，一片片茁壮，一年年丰盈。果子红得发光，卖得欢畅，价格还是老品种的两倍。

日子也像果子这般红火就好了！可仅靠两百棵树，到底成不了气候。正赶上国家实施退耕还林政策，王天兵想也没想闯了"红灯"——"上边"让种杜仲、黄檗，他却将自家每一块地都种了苹果、花椒。

他面临的是比汽车闯红灯高出许多的代价。有领导放出话来，王天兵违反规定，不能享受相关政策。王天兵不服气：退耕还林是为了促进水土保持、农民增收，苹果和花椒社会效益、经济效益都不错，凭啥给我小鞋穿？！

不光处理结果没有为难王天兵，后来，几十亩苹果树也都站在了身后为他撑腰。2009年，王天兵的苹果园产量突破十万斤，花椒和其他小水果收入加到一起，进账足足四十万元。

十多年过去，王天兵种下的苹果，产量突破三十万斤。心被甜透，难怪他指着苹果叫"甜心"。

把"糖心"叫了"甜心"的并不只有王天兵。大地村两百四十多户人，大部分年产红富士五万斤以上，全村年产量累计不下一千二百万斤。靠着种植苹果和比苹果早三四个月"走红"的花椒，村里人不光脱了贫，而且致了富。2008年大地村只有三幢砖房，如今再难见到土坯房了，即使有，也是当祖屋留着。三轮车自不必说，全村七成人家院子里停着小轿车。于是大家把地里头的糖心红富士不约而同叫了"甜心"，不管外人怎么看他们都这么叫，叫得还理直气壮。

王大哥也好，其他村民也好，小日子过得这么惬意，也就没什么操心的事儿了。听我这么说，王天兵连连摇头："长江后浪推前浪，要想不被拍到沙滩上，必须保持清醒，必须随时调整方向——当年的玉米、小麦、青苹和白梨，它们都眼睁睁盼着新邻居过来打麻将呢！"

王天兵从来没有掉以轻心。果树种得久了，如果不增施有机肥，土地就会板结。这个"经"，他是从山东取回来的。不光山东，新疆、河南、陕西、山西，哪里苹果种得好，他和村里果农就去哪里上门讨教。果树间伐、品种更新、果园网络化管理的新理念新技术，他们全都"嫁接"到了大地村。建水池、拉水管、铺设生产耕作道，花钱也花精力，但该花就花，只要果子颜值高口感好，王天兵一点都不心疼——羊毛出在羊身上，何况说，政府还在给补贴呢。王天兵的果园里，光耕作道就铺了两千多米。

去往梨园又离开梨园的那天，心是真的被甜透了。回头看，颗颗果子，如同一张张红彤彤的笑脸。

有青山为邻

一

食材全部到位，五十间客房也已收拾妥帖。刚喘口气，何永芬接到电话，客人行程暂缓。没有我想象中的失落，她不紧不慢说："留得青山在，客人迟早要来。"

房前屋后都是青幽幽的大山。那青绿虽是深邃，却不单调。黑和白栖身其中，有如鱼翔水底，时不时跃出水面。四川省雅安市宝兴县蜂桶寨乡邓池沟村，是全世界第一只大熊猫科学发现地。正是这不同凡响的黑白二色，在不动声色间为何永芬打气撑腰。

和村里另外三十八户人家一样，何永芬一家是从邓池沟村几百米外的高处，搬来邓池沟村新安置点"熊猫新村"的。就着地势，新村中一幢幢房屋按"川"字形分列。房屋之间，有花有草有树，有池有亭有桥，还有时不时从斜径旁、小溪间探出头来的卡通熊猫形象。青砖砌成的柱子，浮显着稻草纹理的泥墙，覆在墙面的"米"字格装饰木条，屋顶上的小青瓦，尽显川西民居神韵。屋顶置烟囱，看似无，却是有。

"这地方原来是一片乱石滩，现如今，远天远地的人都爱往这儿跑。"闻听此言，我问远是多远？何永芬的笑意由浅入深："法国、美国、英国……还有好些个国家的呢！"

之前，何永芬家二十七亩地里种着玉米、土豆等粮食，也种着当归、重楼一类药材。后来"退耕还林"，她家剩下的地不到四亩。还没回过神，"抢地盘"的又来了。蜂桶里的蜜没来得及割，它捷足先登；熬骨头的汤刚刚煮沸，它又来敲门。它是当地人口中的"黑白熊""白熊""花熊"，打不得骂不得的国宝大熊猫。

正赶上政府号召生态移民，何永芬心一横，走为上。

虽说图纸上的新村比电视上的好看，村民们还是禁不住担心：会不会饿死肚皮，胀死眼睛？

乡领导把大伙聚到一起开会，鼓励大家办民宿、搞旅游：表面上"猫"进人退，实际上以退为进。大熊猫从幕后到前台，这是大明星扎场子，还是"义演"，不要出场费！

何永芬左耳朵进，右耳朵却没留出口。不光自家办起民宿，一些村民闲置的房屋，她也"揽"了过来。

新村甫一落成，中国扶贫基金会便组织民宿主们去杭州开眼界、学技能。回家没几天，订单来了。起先是省内的，然后是国内的。紧接着，不仅亚洲的近邻捧场，还有欧美的远客跟进。何永芬印象最深的是2018年，从7月1日至8月31日，房间一天没空着。

新村客源一直好。尤其夏天，汽车从村口蜿蜒到了山腰。有人这才回过神来，说大熊猫"抢"了一块地走，还回一碗饭来。何永芬却认为，赏饭吃的既是"黑猫""白熊"，也是青山绿水。

这是何永芬常常提起的话："是亲必顾，是邻必护"。山上的草和树，兽和鸟，不是远亲也是近邻，都应当善待。"

二

离开邓池沟，汽车沿S210线驶出不久，依山而建的蜂桶寨自然保护区管理中心小楼院映入眼帘。

四十七岁的李贵仁在这里工作已二十八载。从巡护员到大水沟锅巴岩片区负责人，他的任务归结起来就是两个字：巡山。近四万公顷的地方，一草一木他们都要看护，一禽一兽他们都得照管。

那年，初中毕业的李贵仁受父亲影响，干起巡护员。李贵仁的父亲李武科不简单，他曾照看过北京亚运会吉祥物"盼盼"的原型——大熊猫"巴斯"。

1984年2月，一只下山觅食的大熊猫误入冰河，被当地农民解救。这只大熊猫后被称为"巴斯"。当时"巴斯"身上长满密密的脓疮，照看它的任务，交给了正带着没娘熊猫"安安"的李武科。李武科把"娃们"带回家中，晚上和它们睡一张床，白天同它们住一间屋。喂奶时，他一手一个奶瓶，顾此也不失彼。"娃们"上厕所，憋出一身汗的却是他。在李武科的精心照料下，"巴斯"精神面貌焕然一新。告别宝兴，几经迁徙，"巴斯"落户在了福州动物园，后来，成为北京亚运会吉祥物"盼盼"的原型。

回忆起二十年前那场拯救"戴丽"的行动，李贵仁历历在目。当时，得知锅巴岩山崖上有大熊猫受伤，李贵仁和同事火速赶到现场。没想到，因天色向晚，看不清人们意图的大熊猫不肯现身。第二天，白雪皑皑的山上，搜救队伍几经努力，仍是一无所获。大家正心急火燎，一块白里透红的雪团从头顶掉落下来。把大熊猫"请"进铁笼后才看清，这只不到两岁的大熊猫，右耳朵被撕扯掉了一块，左后肢也是血肉模糊。经医生现场处理后，"戴丽"被紧急送到四川农业大学动物医院。最终虽然活了下来，左后肢却没能保住。

说起"戴丽"，李贵仁的情绪有些低落。讲到"磽远"，他的神情才重新舒展开来。那年，磽碛乡柳落村的老乡在山林里发现了奄奄一息的"磽远"，出差在此的县公安局干警当即带着它往县医院赶……从医院回来后的"磽远"被交到李贵仁手上，他不敢有丝毫懈怠。照顾受伤的大熊猫，父亲的经验值得学习，但去四川农业大学畜牧兽医专业进修过的他不会照抄作业，他有自己的见解。"磽远"也争气，在李贵仁的照顾下恢复得良好。

去深山老林里巡视一趟，有时要花上五六天，只有轮休时才能回家团聚。我问李贵仁，有没有嫌弃过工作单调，他却"答非所问"：以前没有大熊猫、金丝猴活动的区域，现在有了；山青了，水绿了，这样的环境，大熊猫最喜欢了！

如今，李贵仁每个月仍要"撵"自己上山两三回。否则他心里会慌，脚底板会痒。

三

汽车继续往夹金山开，二十分钟后，到了硗碛乡夹拉村，到了"4.20"地震后易地重建的仁朵藏寨。开民宿的王开志为我泡上一杯茶，袅袅升起的热气里，时光在他的叙述中展开。

1961年冬的一天，正是吃早饭的时候，一只大熊猫踱进夹拉村，钻入和平生产队的磨房。大熊猫此时下山，多半想弄口吃的。人们因它的想法有了想法：做梦都在打牙祭，你倒大方，端端正正往枪口上撞。

那时候村里人家都有猎枪，撂倒一只野物，费不了多少力气。生产队保管员王泽培把大家拦下了："还没骑过白熊呢，过把瘾再说！"

王泽培被掀翻在地，大熊猫冰冷的眼神、锋利的牙齿对准了他。空气凝固了，和平沟口那一片开阔地，成了声音的真空，直到王开志撕心裂肺的惨叫，如平地上响起惊雷。哀号声的最高点，一段筒状的霜白，如一道霹雳在人们眼前定格。

那是王泽培的左大腿，被大熊猫生生撕去了皮肉。

父亲因此得了破伤风，并因此丢了性命的那一年，王开志只有六岁。事情的很多细节已记不清楚，但是自那时起，他记住了村民们越来越爱挂在嘴边的一句话："人是一条命，野物也是一条命。"

曾经，硗碛乡的每一条山沟里都有大熊猫出没，"能见度"最高的是和平沟。王开志十九岁开始在生产队当"牛头儿",和大熊猫相遇的机会也就更多。

然而后来,几百名伐木工开进和平沟,十七条支沟里的参天大树,只"偏沟"幸免于难。

树倒猢狲散,大熊猫也不例外。泥石流却是来得勤了,1989年8月28日那天留在王开志脑子里的印记,如槽缝錾在磨盘。他起先以为有大飞机开过来,直到地皮也跟着剧烈颤抖,才意识到情况不妙。龙头扬起四五十米高,临沟三栋木房,眨眼间没了影踪。王开志被吓傻了,他该喊出来一个"跑"字,然而别说张口,就是迈步,他也不知道了!

和平沟情况改善得益于"天保工程"。伐木工变成种树人,在那之后,一度难得见到的"黑白熊",渐渐又成了常客。

植春玉是王开志的内当家。那天,她同女儿女婿去一道名为安攀的山梁采摘野菜。走了一个多小时,临到目的地,一行人停下脚步。七八米外的白杨树下,一只大熊猫幼崽半卧半躺。试着向它靠近,它一点儿也不躲闪;大声叫它让路,它竟蚊丝不动。凭经验,植春玉知道小家伙生了病,此番拦在路上,是为了求救。野菜已顾不上采,三人背着"病号"一刻不停往山下跑。接到电话,县林业局工作人员驱车赶来。临上车,大熊猫回头"啊"了一声。工作人员心细,见植春玉红了眼圈,提议她将宝宝搂抱怀中,拍张照片留念。拍照时,小家伙不仅相当配合,病也像好了三分。

听王开志讲过这段往事,我的目光移向了植春玉:"最近一次看见白熊是什么时候？"

女儿王洪梅抢着回答："就在几天前，就在离我家不到五百米的一道边坡上。十几个人围观，它也不惊不诧。我当时就把情况报告给了林业局。"

比起女儿，王开志的语气要平静得多："住在和平沟，我们更应该懂得'和为贵'。毁林容易成林难，这林子，这熊猫，都是我们要珍惜的好邻居。"

四

自硗碛乡场上到夹金山顶，公路上横着五道桥。柳落沟的入口，与头道桥相隔不远。

朝阳注视下的雪山一派庄严。液态的雪顺着沟谷下泻，声音传进耳朵，是清脆、明快的旋律。小路上的脚步不知疲惫地往高处攀爬，似乎在追赶太阳，而太阳已在不远的前方。该是知道罗卫东巡山来了，太阳把千千万万的光线化成千千万万的手指，把一片片山上的一片片林海，一片片林海里的一棵棵树，满心欢喜地指给他看。

在罗卫东，这是十年来无比寻常的一个早上。他和夹金山林业局柳落沟森林管护站的三位同事，共同看护着七万八千六百多亩森林。

站定在一块草坡上，在目光划出一道长弧后，罗卫东侧身告诉我："这些树，除了靠近山脊的原始森林，差不多都是我们所栽。"

不管语调还是神情，罗卫东没有表现出一丝得意。我正暗自惊讶，他又补了一句："砍树是十年，栽树也是十年。"

高中毕业，正遇上夹金山林业局招考伐木工，罗卫东报名并被录用。进了山沟，遇到直径一两米的大树，罗卫东先拿油锯在树上开出凹槽，再将身子蜷进凹槽里。"天保工程"启动，罗卫东和工友们放下油锯斧头，扛起挖锄铁锹。起先在西河，后来到柳落沟，罗卫东都是班长。他这班长是"露水班水"，因为每天出工，他总走在最前面，靠双腿撕开一条"水路"。冬季挖坑，长宽各四十厘米、深二十厘米的树坑，一亩地得掘出一百三十个；开春栽树，背着二十厘米高的上千株树苗，徒步四个小时；接下来，没一天不弯上万次腰，不是一次次汗湿了全身。十年之后，罗卫东估算过，自己种下的树，没有六万棵，也有五万棵。

柳落沟管护站最多时有三十多人。罗卫东的岳父和妻子，退休前也在这里种树。趟过一道溪流，穿行在一条条山坳一道道坡，罗卫东为我指认起一块块林地时，很是有些如数家珍的味道："这是我栽的，这是我老婆栽的，那是岳父他们栽的……"此时再看他的脸，比之前明亮了许多。

攀上一道陡坡，一块不大的平地上，我与它们相遇。那是一片冷杉，二十多米高，如仪仗队员般站直了身子。仰望它们，那傲岸的身姿让人感动于生命的旺盛与热烈。此刻，林深处传来金丝猴的叫声。听得出来，它们精神抖擞，心情不错。

眼前一幕，让人感到有些突然。罗卫东蹲下身子，张开手臂，缓缓地，把一棵树搂抱怀中。而后，把脸贴在深灰色树皮上的他笑眯了眼说："加挂了'大熊猫国家公园柳落沟管护站'牌子，我们的腰杆比以前打得更直了。"

我记住了这一幕。这是2022年4月10日的午后，夹金山麓，柳落沟中部，山势突然缓和、阳光悄然折叠的密林里，在一棵高大的冷杉树下。

小慢车上的大凉山

亲得不得了的，才叫昵称，比如小慢车。无论体重、身高、吞吐量，一点儿都不显小。但它太亲了，一日不见、不坐，人会心慌。

慢是真的。从攀枝花到西昌，高铁已跑了一个来回，"站站停"的它，还优哉游哉地在路上摇摆。

春风过处绿意浓。小慢车为大凉山带来生机，也把大凉山的故事带向远方。

一

阿西阿呷已经同小慢车一起，度过了大凉山上的四十七个春秋。

1971年，父亲从部队转业到成昆线上的白石岩站工作。成昆铁路头一年才通车，火车在地处偏塞的越西县尚属新鲜事物，在越西县偏塞处的白石岩，则不仅是新，而且是奇。正因心生好奇，刚通车时，有村民拿了山草或者苞谷，看它吃还是不吃?

在此之前，白石岩一带没有学校没有老师，娃娃们不知道书为何物。有了火车，他们可以去山沟外面，去教室里头。阿西阿呷就是每天坐火车去乃托中心校读书。白石岩和乃托隔着一座山，走路要一个小时。火车一钻洞，路就短了，上学放学，只要十来分钟。

火车上的她，有时背书，有时有写作业，有时任目光在车窗外闲逛。草甸上的小羊长壮了，路边新立了一幢房子，土豆埋进地、出了苗、开了花，都会被火车上的阿西阿呷收入眼底，有时还写进作文。被写进作文的还有她在火车上看到的穿着打扮、言行举止都与当地人大不一样的异乡人，还有因异乡人生起的对于铁轨尽头的猜想与向往。

绿皮火车不是追光灯，阿西阿呷不是唯一被照亮的人。白石岩盛产白云石，白云石可以造玻璃。有玻璃厂远山远水找过来，雇人开采石头，用火车拉出去。几十位白石岩村民，因此有了"工作"。

成昆铁路沿线地广人稀，很多年里，铁路职工和当地群众买一根针也要赶几十公里火车。为此，铁路局每隔一段时间会挂来生活供应车，一节卖吃的，一节卖穿的，一节卖电器，为他们萧瑟的生活增添一些色彩。阿呷每周只能吃到一顿肉，至于她想买的衣服，多半会穿到别人身上。阿呷难免哭鼻子，母亲这时会说，"阿呷莫，周边的老百姓吃肉，按月来盼。你再看他们穿的，疤疤重疤疤。你想吃得好穿得漂亮就用功读书，争取长大后离开这里。"

阿呷长大了，却没有离开大凉山。先是客运员，后是值班员，1998年，二十三岁的阿西阿呷，当了列车长。

火车穿梭在成昆线上，阿呷穿行在旅客中间。

车头真够让人头大的。人多座位少，过道上、坐席下经常有人蹲着躺着。蹲着还喝酒，喝得面红耳赤。地上蹲的还有羊、猪、鸡，嫌空没填满，东拉一坨，西耸一堆。晚间的老鼠、夏天的跳蚤、来路不明的虱子，都是神出鬼没。

车身中部敞亮不少。最直观的感受是不如车头挤，座位宽松很多。人们的穿着离讲究尚远，衣衫不整的却难得见到。穿着时尚的也有，口音上，贴着这一带的某个地名。家畜的队伍有所扩张，它们通常会被换成钱或换成物，就在旅途中的某一站，甚至就在车厢。

车尾可就漂亮多了。窗明，几净，座位宽敞。年轻人身上洋溢着时代感，从木苏阿普、木苏阿妈衣饰上吹过的，则是浓郁民族风。车厢两头改造为大件行李处，方便运送五花八门的生活物资、农用机具。细微处的变化同样无处不在，有汉字的地方都有彝文伴随，此为一例。最让人大开眼界的是，车尾挂了行李车，鸡鸭猪羊的专属"包厢"。行李车密集设置有排污孔、通风窗，行李员全程跟车，把"包厢"打理得干净清爽。

——车头是当初，车尾是现在，车身中部，是当初和现在的过渡地带。

小慢车在变，小慢车上的大凉山在变。见证、参与着这一切的阿西阿呷，也在来来往往的日子里化茧成蝶。

二

5633/5634次列车每天在普雄与普枝花之间往返。

阿西阿呷是彝族，5633/5634次列车上，九成以上乘客也是彝族。正因这样，阿呷每次走上站台，都像是站在了村口。

直到料理完后事，踏上归途，家住昭觉县则普乡的吉瓦阿英，仍接受不了丈夫客死他乡的事实。在两节车厢的连接处，看见阿英颤抖的肩膀、红肿的眼睛，阿呷柔声和她搭话。

阿英已有七八个月身孕，丈夫一撒手，她没了活的勇气。叫了一声妹妹，阿呷说，"他虽不在了，你们的血肉还在与你作伴。"

待颤抖的肩膀平静下来，阿呷递上一张热毛巾，塞给阿英100块钱："我把电话号码留给你，以后有什么事，都可以给我说。"

两个月后，阿英打来电话，说她当了母亲。阿英还说，"如果你不嫌弃，以后我叫你表姐。"

在阿西阿呷手机里出入频繁的老乡，不少是小商小贩。他们爱搭小慢车，爱和她聊家长里短。

依伙伍沙爱聊也会聊。他比阿呷年长，成昆线上的事，喜德这一段，他知道得比她要多。

在依伙伍沙还很小的时候，尼波人以为天底下最远的是西昌；而西昌以远，没有人知道尼波这个地方。生活里必不可少的盐和炒锅，尼波人要走五六个小时羊肠小道，去县城买。依伙伍沙第一次逛县城时十岁，去花了一天，回花了一天。那次进城留给他最深的记忆，是去时披着"察尔瓦"，回时穿着裤子——他人生里的第一条裤子。

小慢车串联起大凉山，尼波人才知道西昌只是河滩上的一块石头，世界才知道成昆铁路这根藤上，有一个叫尼波的瓜。

尼波出产最多的要数土豆。土豆土豆，变不成钱是土，变成钱是豆。依伙伍沙在卖土豆的路上奔波已三十余年。年久日深，人脉变成商机，人家信得过他，也信得过尼波的土豆，因而常常打来电话，他要三百斤，她要五百斤，时不时凑出一两千斤、三四千斤。脱贫摘帽以前，土豆上了火车，占着大件行李的位置，却一分钱也不用出。如今脱了贫，三十多年前定下的旅客票价依然没有变。依伙伍沙从尼波去喜德，六十五公里路，路费不到五块。"铁大哥"说了，扶上马还要送一程。

卖完土豆，依伙伍沙很少打空手回家。妻子开着小卖部，他会顺路补货。家中还种了荞子、苞谷，多出来的，也卖。他家收入的池子，有了常流水。

小时住的木屋狭小简陋，竹笆从中间隔开，一边供大人打地铺，供一家人做饭、吃饭、会客。另一边是猪圈羊圈，圈的上方有一层隔板，铺上山草，便是孩子们的窝。十年前，依伙伍沙建起全村第一座砖瓦房。瓦是从普雄买的，也是靠小慢车摆渡。房子修得不小，需要的瓦不少。普雄是首发站，上车的时间还算充裕。但火车只在尼波停两分钟，是否有耐心等上万匹的瓦下车，依伙伍沙一开始也很担心。接到他的电话，阿呷和车站沟通，想出两个办法。一是化整为零，把瓦分三次运送。二是向调度申请，运了瓦的这几天，火车在尼波多刹一脚。调度还真的开了绿灯，反正是慢车，这里耽搁的几分钟，在别的地方找补。

比家屋更大的变化发生在孩子们身上。父母有三个女儿、一个儿子，个个都没怎么读过书。他也有三个女儿、一个儿子，至少都上过高中。儿子大学毕业当了辅警，两个小女儿如今在西昌读高一。周末和假期，女儿也是坐小慢车往返。要是恰好得空，依伙伍沙会开着他的电动汽车去火车站接送女儿。村里已有三个娃念过大学，有一个还考上了公务员。接下来飞出山窝窝的是不是我的闺女？每每想到这里，依伙伍沙的心都会一阵狂跳。

尼波站不远处，两年前建起了牲畜交易市场。吉克木各是老面孔了，每周他都要来这里一趟，把猪牛羊贩卖到冕宁一带。

选择用小慢车做交通工具，运费低到可以忽略，只是原因之一。尼波镇平均海拔两千七百多米，汽车绕一百多千米山路去冕宁，车厢里的活物，容易热病冻坏挤伤压死。小慢车开得平稳，通风条件又好，用不着为这些担心。

吉克木各原本是喜德县乐武乡人，在小慢车上跑了三十多年的他，把一大家子拖到了冕宁县的泸沽镇。成昆铁路复线攀枝花南至永仁段已于2020年1月9日开通运营，等到2022年底全线通车，"绿巨人"和小慢车，每天都会来两段二重唱。吉克木各有五个孙儿孙女，他希望他们都能努力读书，长大后坐着动车上大学。

脱贫攻坚不是终点，搭载着八百里凉山的小慢车，正徐徐驶往下一站：乡村振兴。

三

地处大凉山腹地的普雄站是 5633/5634、5619/5620 次列车的"界碑"，南下是攀枝花，北上是峨眉山。

9时10分，5619次列车从峨眉站准点发出。阿西阿呷到车厢巡视，一对母子引起了她的注意。小男孩看样子八九岁，虽然蓝色口罩遮住了脸，他的沉静和专注，仍可一览无遗。孩子在做作业，一张数学试卷。见列车长柔和的目光落在试卷上，同孩子隔着一张条桌的妇女眼睛亮了。母子俩是峨边县共和乡人，儿子在峨眉读书。共和到峨眉坐汽车要二十多块，坐小慢车只要八块。"赚"得最多的是时间。火车上可以做作业，同在教室里上自习没多大区别。五分钟的交谈，当妈的道了三次谢，前两次是替儿子，后一次是替自己："小慢车离我们最近，和我们最亲。"

10时10分，轷溪站，一家三口登上列车。女人怀里的婴儿含着奶瓶，睡着了的样子。孩子爹个头大，拎着大包小包，却不忘提醒爱人脚下当心。

看到一家三口，阿西阿呷想起一件往事。

阿呷当列车长没几年后的一天，火车刚驶离峨眉站，列车员过来报告，第九节车厢的厕所门被人反锁，怎么也打不开。

阿西阿呷赶过去，好不容易才敲开门。门缝里挤出一句怯怯的话："我老婆，她要生了！"

阿西阿呷脑子里"嗡"了一声。车上的厕所是直排式，孩子生在那里，哪里能得到人！

此时距具备交站条件的下一站眉山还有四十多分钟车程。等是等不起的，广播寻医也没有结果，阿西阿呷当机立断，把孕妇转移到行李车上。行李员张琳是个胆大心细的老大姐，把她通知过来，阿西阿呷也就有了底气。

孩子出生还算顺利。事后得知，小两口是越西县人，此行是去眉山打工。不知道预产期已近在咫尺也就罢了，他们还不知道，得进医院找医生，母子平安才有保证。

车厢变产房的情况，阿呷每年都会遇到十多次。这样的情况变得少了，是在有了"新农合"以后。住院费用按比例报销，准妈妈进医院待产，有了提前量。

火车一路上都在钻隧道，阿西阿呷的身影忽明忽暗。从六千一百八十七米长的关村坝隧道钻出来，明丽的阳光，照亮了她的脸庞。

关村坝站到了。曾经，别说在车上仰望，就是下了车，移步车站上面，大渡河峡谷左岸绝壁下，能够见到的，也不过是五六户低矮破旧的民房。近些年，散落在高山之巅的乐山市金口河区永和镇胜利村七十二户村民分三批搬进移民新村，吃上了香喷喷的旅游饭。这碗饭香，不仅因为新村就在大渡河峡谷国家地质公园核心区，与成昆铁路并肩而行的"水上公路"就在眼皮底下，还因为政府斥资打造铁道兵博物馆，引来好评如潮。阿呷曾去博物馆参观，顺带游览新村。村民余其江告诉她，十年前村里人的主食是苞谷、土豆，现在光卖狼牙土豆，村民一天的利润就有两千多元。

几个外省口音的背包客在关村坝站下车，说是逛完胜利村，要去古路村。古路村已是雅安市汉源县地界，与胜利村只隔着一条白熊沟。把日子过好，胜利村的路线是异地搬迁，古路村的选择是靠山吃山。听说去古路村的国内外游客一年多过一年，阿西阿呷也想去打个卡，只是一直没挪得出时间。胜利村、古路村的老乡都是小慢车上的常客，他们打量世界的目光，在过去的很多很多年里，也是借助小慢车，才得以向长远处伸展。这一趟可以迟到，不能缺省，背包客的行程让阿西阿呷羡慕也心安。

汉源、尼日、埃岱、甘洛、南尔岗……明明暗暗的光线在阿西阿呷脸上频频切换，越来越多的车站，被5619次列车抛在身后。

17时03分，白石岩站到了。白石岩在蜕变，白石岩的孩子在成长。小学三年级时，列车时刻表有变化，坐火车上学要迟到，阿呷只得走路。离家几分钟就是隧道，听到火车进洞，她拼了命地往避风洞跑。若是饭盒在跌扑中脱手，饭菜撒了一地，而当天的饭菜里恰好有三两片肉，她会哭上一场。就是这个女孩，成了列车长，成了党代表，成了"最美铁路人"，成了"铁姑娘。"

18时15分，停靠四分钟后的5619次列车从拉白站发车。再有十四分钟，列车将结束二百一十千米行程，到达此行的第二十六站，也是最后一站。

　　车过关村坝就开启了爬坡模式，这个时候，坡度变大，车速也变得更慢。靠近终点的感觉已是人间美好，车窗外的景致，还在为阿西阿呷的心情做着美颜。青瓦白墙的彝家新寨有如工笔画，稻田层层叠叠，夕阳下，饱满的稻穗闪着金光。银丝线般的水泥路通向与天相接的彩林，也通到铁路边上。比起小慢车，快的是汽车和摩托，慢的是荷锄归的中年人、跟在牛羊后面的老木苏、背书包的小学生。大人们的目光投向田野和天空，孩子们的眼神，从车窗爬进车厢……

我还会回来的

（代后记）

　　为什么总是往农村里跑？朋友这么问，言下之意，目光"总是"落在农村，视野未免狭窄，而生活是何其雄壮广阔，一个写作者理想的状态是把格局打开。

　　这时候才发现，从一开始到现在，我时断时续的业余写作竟已有十二年之久。而且真的如他所说，这么多年来，我的笔触几乎都停驻农村，即使偶尔离开，也只是如同到田边喝了一口茶，偷了一会儿懒，终是又站回了田间地头。下地要干活，要看庄稼长势，要讲收成。我的耕作说不上勤勉，田地里菜果稀疏，自然也谈不上有什么让人满意的获得。但是既然挽起裤脚，扛起锄头，出了院门，这一天、这一季、这一年日子的去向总得有个交代，哪怕只浇得薄地半亩，只摘了俩枣仁瓜，不必非要等到秋后，该划拉的算盘珠子还得划拉两把。

　　我从大地上抓回，和文字糅合在一起的第一把土，来自大凉山上二坪村。李桂林陆建芬误打误撞去那里教书，把夫妇俩甚至两个儿子的命运同一个毫不相干的村庄、一所停办多年的学校嫁接在

一起，偌大的中国为之感动。作为乡党，那时还算热血也还是名副
其实的青年的我翻山越岭去给他们献花，不过只是为了给奔突在肺
腑间的敬意找寻一个出口。去了才发现，一束花的保鲜期和他们长
年累月的坚守，是一粒沙面对一条河、一棵草致意一座山的虚妄轻
佻。是他们内心的丰饶感染了我，是二坪村肉眼可见的变化鼓舞着
我，十二年间，我七赴二坪采访，为夫妇俩也为他们扎根其间的凉
山厚土，写下短短长长的篇什。

　　二坪之行是时间上的长路，关注芦山地震灾区，则是命运里的
深蹲。这里的"命运"指向他者，他们中的绝大多数居于乡村。从
废墟上站起，在灾难中重生，我的所听所见所写，故事都生成在这
根藤上。然而正如一棵大树除了主干还有分枝，他们曾经的忧郁、
愁苦和盼望，同样是我不敢忽视的部位。除此之外，自那时始，我
已在自觉和不自觉间，在能否脱贫、何以脱贫的视角之下，观照他
们共同面对的命运，和作为个体，在命运河流中的沉浮。当然不是
我有什么先见之明，而是早在2015年底，国家已就脱贫攻坚做出了
明确安排，而"三年基本完成、五年整体跨越、七年同步小康"的
重建目标中的最后一句，更是与脱贫攻坚的进程设计无缝衔接。地
震发生不久后的第一次，以及时隔三年的重访，我都在芦山灾区盘
桓数月之久。两次深蹲写下两本小书、若干短文，由此，更多是出
于自我安慰与自我激励，我勉强确认了自己作为一个业余写作者的
身份。

　　正是这样一种无关职业的身份认同，驱动着我一次又一次向

古路出发。作为一个悬崖上的村庄，在中国的广袤农村，古路是一个极其平凡又极其特殊的存在。立足它的平凡，照顾它的特殊，记录下它脱贫进程中的艰辛曲折，刻画下它嬗变后的身姿和表情，也就由一个幽狭的通道，进入一个历史的现场。有了这样的憬悟，悬崖上的路不再漫长，与村民的共处日日新鲜；有了这样的憬悟，高密度造访古路两年之后，我的根本停不下来的双脚又一次向着二坪出发，也就显得自然而然。李桂林和陆建芬是我重访的对象，而我所要聚焦的，不再只是夫妻二人。精准扶贫的大幕刚刚收拢，乡村振兴的图景又要展开，时代的洪流，剧烈地冲刷着乡村的堤岸。旧的还没有完全刷新，新的既充满诱惑，又因盲盒似的未知和不确定性，带来更多光和希望，带来神秘与不安。在这样的时间交汇之处，在这样一个有着清晰且深刻的故事主题的乡村幕景上，正在发生的和即将发生的，于我，是无法压制的诱惑。

说到诱惑，我想起这些年来，我的足迹并不只停留于如上几处，而是分布在更为宽广的乡里村间。我去了达瓦更扎，一个与天齐高的地方。村支书杨朝军垫资百万修筑村道，村道通向牧场，也通向村民让日子也如牛奶飘香的美好愿景。我去了夹金山下的雪山村。村姑田姐别具慧眼开民宿，让一个名不见经传的小山村成为网红打卡地。我去了大渡河畔的石棉县。从1989年开始，牙科医生杨仕成捐资近两百万元，无偿资助品学兼优的农村困难学生三四百名。我去了被无边果园包围起来的梨园乡大地村。王天兵曾经穷得叮当响，但是如今，他和村民日子过得如同亲手种下的糖心红富士。我去了窑火熊熊复熊熊的古城村。黑砂重光，不光是手艺人的信心回归，也是文化和乡村共生关系的重新梳理。我去了浴火重生的北川县。驻村干部和帮扶企业一开始是"猫和老鼠"，到后来则成了"鱼和水"，关系转折处，见证情和义。我去了咖啡飘香的南海之滨。在那里，我看到科技之光照耀田野，看到枝头的果实如心房颤动……

是的，我还没有回答朋友，为什么总是往农村里跑？然而，或许，我又已经回答了。一场震古烁今的大戏正在上演，生旦净末，说学逗唱，主题的宏伟，情节的繁茂，节奏的激越，角色的隽拔，舞台的宽绰，让如同一粒细沙的你，很难不随情感的洪峰奔流。这却不是此情此景下的乡村对我制造出难以抗拒的吸引的根由所在。真正的诱惑来自血液源头，来自遗传基因，来自一个人对于来路的感恩，对于故土的怀念，来自并非人所独有的共情能力的鞭策。刚才，谈到二坪之行，我曾借树作喻。现在，靠在那棵树上，我为纷繁堪比枝叶的情绪赋形：一棵长在乡间的树，枝杈伸过了田坎，它仍是一棵长在乡间的树。就算田坎另侧还是乡间，被风吹到空中，飘进城市，扑腾在红绿灯下人行道上的树叶，究其本质，依然是一颗来自乡间的灵魂。种在高楼写字间精致器皿里的树和草又怎样，它们自身，或者往上三代，仍然是乡土发出的芽，乡音抖落的尘。

写到这里，距春节已只有最后一个月，浩浩荡荡的返乡大军，已经在过往的记忆里挤满归程。我往乡村里跑，和返乡大军的回家，当然有很大不同。而所谓不同，无非他们更有仪式感而我不辨时序，他们直奔老家而我朝此暮彼。终归到底，乡村养育了过去的我们，还将给未来的我们提供不可断绝的物质与精神。我们回乡，在补给和求索，也是补偿和回馈。

这些年从乡村带回的非虚构故事，我按体态胖瘦收进两个集子。短篇合集《乡村里的中国》承蒙四川人民出版社嘉勉并获雅安市重点文艺创作扶持；中篇合集《翻山记》幸得四川文艺出版社厚爱并忝列四川省委宣传部主题文艺精品创作生产年度项目、四川省作协重点作品扶持项目。这些文字有的来源于业已出版的长篇作品，有的发表在报纸副刊和文学期刊，它们在另一个时空的聚首让我想到，正月里，从远远近近回乡的伙伴，亲亲热热地坐了两桌。

我托桌上人们给朋友一个庄重的回答，也请他们为自己十二年的乡村之行做一个盘点。而我，和他们一样，已经在不知不觉之中，成了中国乡村发展史上极其重要的一个篇章的书写者和见证人。

我还会回来的。不久之后，以及最后。